ただ一度の恋のために

CROSS NOVELS

いとう由貴
NOVEL:Yuki Ito

高座　朗
ILLUST:Row Takakura

CROSS NOVELS

CONTENTS

CROSS NOVELS

CONTENTS

ただ一度の恋のために

Only for my only love

CROSS NOVELS

§序章

伸之《のぶゆき》が物心ついた頃から、家の中には大勢の人がいた。杜氏《とうじ》、蔵人《くらびと》と呼ばれる酒作りの職人たちだ。

高水《たかみ》の家は明治《めいじ》から続く蔵元で、現当主裕昭《ひろあき》で四代目となる。

伸之はそこの次男坊で、病弱なせいもあってずいぶん甘やかされて育ったように思う。

母もあまり丈夫な人ではなかったから、伸之の虚弱さは遺伝的な体質であったのかもしれない。

そんな母も伸之が幼稚園の時に亡くなっており、だから、よけいに伸之は周囲の大人たちから真綿に包《くる》まれるようにして育てられていた。

けれど、弱いとはいっても男の子である。近所の幼馴染《おさななじ》みたちと一緒に、川や山に遊びに行ってみたかったし、学校帰りに野原や田んぼで道草も食ってみたかった。田舎だったから、駆け回る場所はいくらでもある。

そんな伸之のいっとう宝物のような思い出。

それは、伸之が小学校三年生の時のものだった。

夏休みの、蝉《せみ》がうるさいくらい鳴いている頃で、日差しがきついからといって、伸之はほとんど一日中、冷房が適度に効いた室内に閉じ込められていた。

仲之が住む町は、天竜川《てんりゅうがわ》を上流に遡《さかのぼ》った山々の間にあって、夏になるとしばしば、日本《にほん》最高気温を記録するような場所だった。

本州の真ん中にある県で、地図だけ見れば九州《きゅうしゅう》や沖縄《おきなわ》よりずっと過ごしやすそうな場所であるのに、実際は違う。じりじりと暑い日差しは、屋敷の側を流れる用水路のせせらぎで少しだけ涼しいような心持ちになっていたが、帽子もなしに外に出れば、仲之のようなひ弱な子供はすぐに熱射病にかかりそうだった。

そんな仲之を気遣って、時々は近所の幼馴染みの少年たちが遊びに来てくれたが、それも毎日というわけにはいかない。

週に一度の全校朝礼ですぐに貧血で倒れたり、体育をたびたび見学するような仲之は、色の白い、子供にしては秀麗な顔立ちをしているせいもあって、同級生たちの間ではお客様扱いされることが多かった。

高水家が、ここらあたりでは昔からの名家であることも関係している。古い連中は、いまだに仲之のことを『高水家の坊ちゃま』として丁重に扱うことが多く、父の裕昭も高水家の旦那様として、地元ではなにかと意見を求められる立場にいる。

東京《とうきょう》では援交だの、セレブだのと言って派手に暮らしているような者がもてはやされ、ずいぶん日本も変わったものだと思えるけれど、それもこんな山深い田舎ではまるで外国の出来事のように感じられ、昔ながらの上下関係も色濃く残ったままの、のんびりとした空気がいまだに残っていた。

そんな町だから、誰もが伸之のことを知っている。亡くなった母に代わって家のことを取り仕切ってくれているトヨ――本当は豊子《とよこ》というのだが――の目をかすめて屋敷を抜け出しても、すぐに町の人々に見つかって、屋敷に戻るよう口々に言われてしまうだろう。

夏休みの宿題もあらかた終わっていて、あとは苦手な工作くらいのものだったから、伸之は退屈していた。

せめて、ほんのちょっとだけ、たとえば屋敷の裏手で用水路を泳ぐ鮒《ふな》でも眺めに行こうかと、伸之は足音を忍ばせて屋敷を出ようとした。運がよければ、ザリガニも見られるかもしれない。トヨはもちろんのこと、近所から手伝いに来ている一人、二人ばかりの女衆にも見つからないよう、伸之はそっと裏口から屋敷を忍び出る。

ほんの少しだからと帽子も被らず、伸之は庭を通って、裏門から抜け出そうとした。

と、その目に、大きな影が映った。

「……ぁ」

思わず、小さく声が洩れ出る。大きな影は蔵人の一人として最近高水家の蔵人用の離れに住むようになった、澤木宗吾《さわきそうご》だった。澤木の家は高水家と同じ町にあるのだが、伸之にはよくわからない事情があって、澤木は実家には住まず、高水家で暮らしているのだ。

昔は、蔵人用の離れにたくさんの職人たちが冬の酒を仕込む間住んでいたものだが、今では杜氏の山川《やまかわ》とこの澤木くらいしか住んでいなかった。

ただし、大人たちの話から、どうも自分から積極的に高水家に来たのではないらしい澤木は、いつも不貞腐《ふてくさ》れたような顔をしていて、そのくせ眼光がギラギラしていて、仲之はいつも澤木のことを少し怖いお兄さんだと思っていた。おまけに、ここらあたりでは眉をひそめられることの多い、髪を茶色に染めた派手な格好にしていたから、仲之にはいっそう怖く見える。

だから、いつもの仲之だったら怖気《おじけ》づいて、屋敷の中に逃げ帰っていたと思う。

その時も、とっさに逃げかけていた。

しかし、踵《きびす》を返そうとした足がぴたりと止まる。澤木が引いていた、大きくて黒いバイクに仲之の視線が釘付けになった。

通いの蔵人や、女衆の乗ってくるスクーターとは全然違う。

常に、どこかだらしなく作業着を着崩している澤木の持ち物とは思えないほど、そのバイクは陽光を綺麗に反射して、曇りひとつなかった。たぶん、澤木が丁寧《ていねい》に手入れしているからだ。そのことが一目でわかった。

「――なんだ?」

仲之が魅せられたようにじっとバイクを見つめていると、澤木が不機嫌な様子でぼそりと言う。まるで怒っているようなぶっきらぼうさで、いつもならこれだけで仲之は竦《すく》み上がってしまうだろう。

けれど、今日の伸之はそんなもの、ちっとも気にならなかった。それより――。

「……これ、澤木さんのバイクなのけ?」

逆に、弾むような口調で、澤木に問いかける。父のシルバーグレーのクラウンよりずっと格好よかった。

「そうだ。……あっちに行け」

無愛想に答え、澤木が邪魔そうに伸之に手を振る。ちょうど通路に立ち塞がるような格好になっている伸之が邪魔なのだろう。

しかし、裏門への道を通してあげなくてはいけないと思うのに、伸之は澤木の黒いバイクから目が離せない。

「なんていうバイクなのけ? どこに行くのけ? おつかい? それとも、町まで行くのけ?」

町というのは、県西部の中核都市の中心街のことだ。東京や大阪《おおさか》、あるいは名古屋《なごや》あたりとは比すべくもない地方都市なのだが、山と川に囲まれたこの町から見れば、りっぱな都会だ。

地元でも『ちょっと進んでる』と思われている青年は、なにかとそこまで遊びに出かけることが多かった。

澤木もそういった類《たぐい》の青年なのだろうか。しかも、自分のバイクで出かけるだなんて、すごく『進んでる』。スクーターや、軽自動車ではないのだ。

伸之は憧《あこが》れの眼差しで、澤木を見上げた。

「ったく。んなこと、おまえには関係ないだろうが」

澤木が舌打ちする。

「俺はここを出て行くんだよ。好きで来たわけでもないのに、ああしろ、こうしろってうるさいんだ」

「……出て行くのけ？」

伸之はびっくりして、澤木を見上げた。とたんにギロリと睨《にら》まれ、慌《あわ》てて肩を窄める。

澤木は苛立《いらだ》たしげに地面を蹴り上げた。

そんな、いつも怒ってばかりいる人なのに、出て行くと言われたら、伸之はなんだか寂《さび》しい気持ちになる。格好いいバイクを見たせいなのだろうか。

「杜氏さんにはならないのけ？」

「馬鹿馬鹿しい。やってられるか」

吐き捨てると、澤木が伸之を押しのけ、そのままバイクを引いて、裏門から出て行こうとする。

伸之は慌てて追いかけた。

「待って！　待ってよ！　お父さんには言ったのけ？　言わずに出て行ったら、怒られるに。それでもいいのけ？　……んんぅっ」

懸命に止めようとすると、裏門を出て、軽くバイクに跨《また》がった澤木に鼻を抓《つま》まれる。伸之が驚いたように目を瞬《まばた》きさせると、澤木が皮肉っぽく鼻を鳴らした。

「方言丸出しで喋《しゃべ》るな、ガキ。泥臭い方言も、鬱陶しい田舎の空気も、俺はもううんざりなんだよ。あとでおまえから、おまえの親父に、俺が出て行ったたって言っとけ。じゃあな」

そう言って、澤木がバイクのエンジンをかける。

このままでは行ってしまう。

伸之は慌てて、バイクの後ろを掴んだ。

「……ちょっ！　なにしてるんだ、ガキ！　放せ！」

「ダメだよ！　うちを辞めるんなら、自分でちゃんと言わなくっちゃダメ！　ケジメだって、お兄ちゃんが言ってただに！　ケジメがなくっちゃダメなんだに！　澤木さんは卑怯者なのけ？」

「卑怯者って……。口の減らないガキだな。いやになったから出て行くんだ。おまえには関係ないだろう」

「関係あるに！　ぼく、このうちの子だもん。うちで働いている人はみんな家族だってお父さんが言ってたに。だから、澤木さんだって、ぼくの家族だら？　家族が黙ってうちを出て行くのに、黙って見送るなんてできないに！」

伸之は懸命に叫んで、澤木の腿《もも》にしがみついた。高水家の一員として、蔵の人が黙って出て行くのを見過ごしてはいけないと思った。

「家族ってなんだよ。……だから、田舎ってのはいやなんだ」

澤木がため息をついて、バイクのエンジンを止める。

鬱陶しげな言い方に、伸之は寂しくなって、澤木を見上げた。

「いやなの？　澤木さんはここが嫌いなのけ？」

「嫌いだよ。なにをやっても監視されているようで、なにもかもが筒抜けで、いやになる。ちょっとでも人と違うとこそこそと陰口叩きやがって……」

「人と違うって、大きなバイクに乗るからけ？」

「それもあるし、他にもいろいろな。まあ、おまえみたいなガキには誰も教えないか」

他にもいろいろとは、どういうことだろうか。伸之は首を傾げた。

けれど、伸之が大好きなこの町を、澤木が嫌いだと言ったのがなんだか悲しかった。

「……澤木さんは、もう少し笑うといいと思うんだ。笑う門《かど》には福来《きた》るって言うら？」

「なんだ、おまえ。ずいぶん古い言い方を知ってるじゃないか」

「本に書いてあったに」

「ふん。んなもんばかり読んでるから、夏だっていうのにそんな生っ白いんだ」

鼻で笑うように吐き捨てられ、伸之はしょんぼりと俯《うつむ》いた。

「本ばっかり読みたいわけじゃないけど……」

「減らず口ばっかり叩くから、友達がいないとか？　まあ、高水家の坊ちゃまに馴れ馴れしくなんてできないか。ここらの人間は、みんな古い人間ばかりだもんな。おまえの兄貴もお高くとまったすかした野郎だし、ふん」

「お兄ちゃんは……お兄ちゃんは、お父さんの跡を継がなくちゃいけないから、だから、しっかりしてるだに。ぼくみたいなみそっかすとは違うんだに」

兄を庇《かば》いながら、伸之は自分の言った言葉で悲しくなり、唇を噛みしめて俯く。

澤木は眉をひそめて、伸之を見下ろしていた。

「みそっかすって……。おまえ、どこに出かけるところだったんだ？」

しばらく間を空けて口調を変えて、澤木が尋ねてくる。

伸之はまだしょんぼりした気持ちのまま、ぼそぼそと答えた。

「裏の用水路で鮒を見に。本当は沢まで行って、沢蟹《さわがに》を見に行きたいんだけど、怒られちゃうから……」

「沢蟹くらい、好きなように見に行けばいいじゃないか」

「怒られちゃう。沢蟹を見に行くのも、川遊びも、友達と外で遊ぶのはみんな、ダメだって言われてるだに」

「なんだそれ」

澤木が肩を竦める。それから、被っていたヘルメットを取って、伸之に放り投げた。

「――ほら」

「へ……？」

「ちょっとおまえには大きいが、まあなにもないよりはましだ。早く被れ」

「え……うん。でも、なんで？」

「沢蟹が見たいんだろ？　これで行けばすぐだ」

澤木が、跨っていたバイクをぽんと叩く。

伸之は信じられなくて、まじまじと澤木を見上げた。沢蟹を見に行くだけじゃなくて、バイクにも乗れるなんて信じられない。

「ほ、本当に？　本当にいいのけ？　澤木さん、出て行くんだら？」

ヘルメットを抱きしめて問いかけると、澤木がくしゃりと苦笑する。

「黙って出て行くのは卑怯者なんだろう？　どっちみち今はおまえの親父さんは出かけてるし、帰ってくるのを待っている間におまえをちょっと沢まで連れて行っても別にいいだろ」

目尻に笑い皺《じわ》が寄っている澤木は、バイクと同じくらい格好よく見えた。

やっぱり笑ったほうが絶対いい。

伸之はきらきらとした眼差しで、澤木を見上げた。

「ほら、早くしろ」

澤木が伸之からヘルメットを取り上げ、無造作に被せる。ベルトの状態を確認してから、一旦バイクを降り、伸之をバイクの後ろに乗せた。

それから、自分も前に跨り、伸之にしっかりと腰にしがみつかせる。

「絶対に放すなよ。いいな」

「うん！」

大きなエンジン音が鳴り、澤木のバイクが走り出す。澤木は伸之の様子を窺《うかが》いながら、少しずつ走る速さを増していった。

景色が飛ぶように過ぎ去って行く。ヘルメットに覆われた頭部ではわからないが、それ以外の全身は風に当たっていて、自分がバイクと一緒に飛ぶように走っていることを伸之に教えてくれた。

早く、早く、もっと早く――。

伸之は澤木にしがみつきながら、自分もバイクの一部になったように感じていた。

なんて気持ちがいいのだろう。そして、なんて楽しいのだろう。

通り過ぎる二人を、田んぼで作業をしている人々が驚いた顔をして見送っている。片手を上げて手を振ってみたいが、さすがにそれは無謀だろう。

ギュッと澤木にしがみつきながら、驚いた顔をする町の人たちに、伸之はクスクス笑った。

駆けっこするよりももっと早い。おとなしく車に乗っているよりもずっとおもしろい。

そのうち、澤木のバイクは沢に行くために山道を駆け上がっていく。

――すごい、すごい、すごい！

大型のバイクは苦もなく、山道を走っていく。まるで、背中に羽が生えたように軽々と、伸之の身体も高く高く上がっていった。

時々、顔の向きと景色がちょうどいい具合に合うと、下の景色が見えてくる。登っていく毎《ごと》に、伸之の心はわくわくした。

中腹で、澤木のバイクが停まる。

「ここから少し歩くぞ。ほら、あそこに沢が見えるだろう？」

アスファルトで整備された道から人の足で踏み固められた細い土の道が生えている。地元の人間くらいしか使わない山道だった。

「……キラキラしてる」

「ああ、木洩れ日を反射してるんだろう。行くぞ」

「うん！」

澤木のあとをついて、伸之も山道を下に下りていく。木々の中に入ると、アスファルトの上より空気がひんやりとして感じられた。

歩くにつれて、爽《さわ》やかなせせらぎの音が強くなってくる。

「あ、沢蟹！」

せせらぎの側を、赤い甲羅をした小さな蟹がちょこちょこと歩いている。

「可愛い。――捕まえてもいいけ？」

「ああ。だが、持って帰れないぞ。バケツもないしな」

「うん、いいんだ。ちょっとだけ、触ってみたいだけだから」

伸之は沢に近づき、そっとしゃがんだ。手を伸ばして、傷つけないように沢蟹を捕まえる。

「ハサミに気をつけろよ」

「うん。……動いてる。すごい」

ふふふと笑い、伸之はひとしきり沢蟹を眺めてから、また元の沢に放してやった。

「ごめんね。ありがとう」

逃げていく沢蟹を、手を振って見送る。せせらぎは涼しくて、木々に日差しも遮《さえぎ》られていて、屋敷にいるよりもずっと過ごしやすいと思った。

ただし、歩いてここまで来られれば、であるが。

「——道はわかっただろ？　次からは友達と一緒に来るんだな」

沢の近くの岩に腰を下ろし、澤木が言う。

「……うん」

「なんだ。親に見つかって叱られるのが怖いのか？」

澤木が小馬鹿にしたように、口の端で笑う。

叱られるのが怖いだけならよかったのに。

そう思いながら、伸之は俯く。せっかくここまで連れてきてくれて、とても楽しかったのに、熱射病がどうとか、貧血がどうとかの話をするのがなんとなくいやだった。いつも自分の周囲に漂っている同情を、澤木から受けたくない気分だった。

今だけは他の子と同じように、元気いっぱいの子供でいたい。

「……怖くないに。でも、ダメなんだ。……沢の水、冷たくて気持ちがいい」

手を水に浸し、少しだけ目を閉じる。せせらぎの涼しげな音と、時折木々の葉を揺らす風の通る音、どこかで鳥の鳴き声もする。

なかなか外に遊びに出してもらえないけれど、伸之はこの町が大好きだった。

「ねえねえ、澤木さんはカブトムシ採れるけ？　友《ゆう》ちゃんが、夜、木に蜜を塗っておくと、朝にはカブトムシがそれに吸いついているって教えてくれたけど、本当け？」

「ああ、ボロボロ採れるぞ。で、友ちゃんってのは誰だ」

「あ、須藤友一《すどうゆういち》君。友達だに」

幼稚園の頃からの一番仲のよい友人だった。もっとも、伸之の身体のせいでそれほど遊べるわけではなかったが。

「ふぅん。カブトムシ採りも、親がダメだって言うのか」

「お父さん……っていうか、お兄ちゃんとトヨがダメって言うんだ」

呟《つぶや》き、伸之はせせらぎに浸けた手で水をかき混ぜる。小さな魚が逃げていった。

なにを考えているのか、澤木はそれ以上、伸之に事情を聞こうとしなかった。伸之が言いたくないと思っていることを、察してくれたのかもしれない。

しばらくして、澤木が立ち上がる。

「――そろそろ行くか」

俯いていた伸之の頭を、ぽんと叩く。顔を上げると、再び無愛想な表情になった澤木が伸之を置いて本道への道を上がり始めた。

伸之も立ち上がり、澤木のあとを追いかける。澤木は振り返って、笑いかけてはくれなかったが、不思議ともう怖くはなかった。

追いついて、Tシャツの裾を握るが、澤木は邪険に振り払わない。

なんとなく嬉しくなって、伸之の頬に笑みが浮かび上がる。

帰りはまたバイクに乗せてもらえる。風と一緒に、伸之もまた走れるのだ。

行きと同じようにヘルメットを被せられて、後ろに乗せられる。続いて乗ってきた澤木の腰にギュッとしがみつくと、出発だ。

しかし、幸せな時間は屋敷に帰り着くまでだった。

裏門に澤木がバイクを停めると、中から蔵人の一人が飛び出してくる。

「ご無事でしたか、坊ちゃん！　――澤木、おめえなんてことをしたんだ！」

中年の蔵人が澤木に殴りかかろうとする。

「やめて！」

伸之は真っ青になって、蔵人を止めようとした。大きく目を見開いて取り縋《すが》ってくる伸之に、蔵人も渋々と拳を収める。だが、その顔は憎々しげに澤木を睨《ね》めつけていた。

伸之はどうしようと混乱した。自分が黙って屋敷を抜け出したせいで、大変な騒ぎになってしまっているようだった。

すぐに、別の蔵人に呼ばれたのか、兄とトヨが息せき切ってやってくる。

「——坊ちゃま！」

トヨが走り出して、伸之を抱きしめた。

「具合は悪くねえずらか？　こんなものに乗せられて、どこか怪我でもしてねえずらですか？」

動転した様子で、伸之の無事を確かめる。

兄の和之《かずゆき》が伸之の肩に手を乗せていた。

「弟を勝手に連れ回すとは、どういうことだ」

眼鏡の奥から鋭い眼差しで、和之が澤木を糾弾《きゅうだん》する。

このままでは、澤木が悪いことにされてしまう。

伸之は急いで、和之に取り縋った。

「お兄ちゃん、違うに！　澤木さんは勝手になんてしてないに。ぼくが沢蟹を見に行きたいって言ったから、連れて行ってくれただけだに！」

「おまえは黙っていろ。もし仮にそうだとしても、一言断ってから行くのが当然だろうが」

「そうですよ、坊ちゃま。それに、この男はとんでもない男なんですよ。ああ、どうして旦那様はこんな男をお屋敷にお入れになったずらか」

トヨが嘆かわしげにため息をつく。

澤木は二人の責める言葉に、ただ黙って顔を背けていた。

悪いのはぼくなのに。

仲之は黙っていられない。勝手をしたのは仲之なのだ。

「お兄ちゃん、トヨ、違うってば！　澤木さんのせいじゃないだに！　ぼくが……ごほっ、ごほっ」

なんとかして澤木が悪くないことをわかってもらいたいのに、大声を出したせいか、急に咳《せき》が出てくる。

それを、和之もトヨも澤木のせいだと思ったようだった。

「坊ちゃま……。さ、お屋敷にお入りになって。お休みにならねば」

そう言いながら、トヨが仲之を屋敷のほうに連れて行こうとする。仲之の肩を押しながら、ちらりと澤木を睨んだ目が険しかった。

「また熱が出たら大変だ。トヨ、早く布団に寝かせてくれ」

和之が言う。このままでは、自分だけ澤木の側から離されてしまう。

仲之は抵抗した。

「いやだ！　ぼくの話を聞いてよ！」

トヨの手を振り払う。めったにない仲之の反抗に、トヨは驚いた顔をして仲之を見つめていた。

「澤木さんは悪くない！　絶対に悪くないんだに。それに、咳が出たのは大声を出したせいで、澤木さんのせいじゃないだで。澤木さんはちゃんとヘルメットを被せてくれたし、バイクに乗って行ったからちっとも疲れなかったし、沢は木の陰になっていて涼しかったし、お兄ちゃんやトヨが心配するようなことなんて全然なかったんだから！」

伸之は澤木の側まで駆け寄り、兄たちから庇うように両手を広げる。そんな伸之を、澤木が唖然とした様子で見下ろしていた。

和之たちも驚いた顔をしている。伸之はおとなしい子で、めったにわがままを言うこともなかったから、こんなふうに和之やトヨの言うことに逆らうのは珍しいことだった。

驚いている兄たちを一生懸命睨みつけてから、伸之は澤木に振り返る。

澤木がもともと蔵を辞めるつもりだったことや、バイクに乗って風を切る感覚、沢蟹を見に連れて行ってもらえた嬉しさ、様々なことが伸之の心と頭を駆けめぐった。

辞めちゃう。辞めてほしくない。

でも、どうしたらいいのかわからなくて、伸之は泣き出しそうな顔をして澤木に訴えかけた。

「……澤木さん、また沢蟹を見に連れて行ってくれるけ？　カブトムシの採り方も教えてくれるけ？」

お願いだから、いいよと言って。

祈るような気持ちで、伸之は澤木を見つめた。

「ちゃんと……ちゃんと具合が悪い時は言うから、だから……」

見つめる伸之を、澤木が眉間に深い皺を刻んで見下ろしている。

太いため息と、迷うように逸《そ》れる視線に、伸之は必死で澤木の手を掴んだ。

「……澤木さん、お願い」

このままでは、澤木は行ってしまうのではないかと思えた。

――行ってほしくない。

伸之はギュッと、澤木のTシャツの裾を掴む。

しかし、澤木は伸之を見てくれない。

もうダメなのだろうかと、伸之は泣きそうになった。

と、そこに――。

「――澤木君、伸之のわがままを聞いてやってくれないか？」

いきなり背後から、父の声が聞こえた。

伸之は振り返り、破顔する。父が帰ってきたのだ。騒ぎを知って、裏口まで駆けつけてきたのだろう。

「お父さん！」

続いて非難する声は、和之のものだ。

「父さん、なにを言っているんだよ。澤木は……！」

「黙りなさい」

父が穏やかだけれど、はっきりした口調で和之を制止する。和之は悔しそうに唇を噛みしめた。代わって、トヨが裕昭に訴える。

「旦那様、この男は坊ちゃまをバイクで連れ回したずらよ。もしものことがあったら、どうなさるずら」

責めるトヨに、裕昭が朗らかな笑い声を上げる。

「そのバイクか。たしかに、伸之には少し大きすぎるな。澤木君、車の免許は持っているね？」

「……はい」

「では、蔵の車を貸すから、伸之を連れて行く時にはそれを使ってくれないか？　子供の世話など、君には面倒だろうが」

父の『面倒』という言葉に、伸之ははっとする。そうだ。自分にとって今日の澤木との行動はとても楽しいものだったが、澤木にとってはその反対だ。自分は子供で、しかも、澤木は田舎を嫌っている。

やっぱり、澤木にここにいてもらうのは無理なのだろうか。

伸之はしゅんとなった。それでも、どうしても未練が残って、澤木をじっと見つめる。

と、澤木がため息をついた。

「……別にいいですよ。ガキの面倒くらい、たいしたことじゃないし」

「いいのけ……澤木さん？」

おずおずと、伸之は訊ねる。本当は伸之の相手なんて面倒臭いのではないだろうか。いいや、面倒臭くて当たり前だ。

心配そうな伸之に、澤木がまたため息をつく。無愛想な表情のまま、伸之の髪をくしゃりと撫でてきた。

「あんまり過保護にして、沢蟹も見に行けないなんて、ちょっと可哀想だからな。いろいろ教えてやるよ。――それでいいんだろ？」

そう言って、ちらりと裕昭を見やる。

裕昭は軽く微笑んで、澤木に頷《うなず》いた。

「すまないな。よろしく頼むよ、澤木君」

「父さん！」

「旦那様！」

抗議の声を上げる和之とトヨに、裕昭が振り返る。

「あんまり家に閉じ込めすぎていても、伸之も気詰まりだろう。もっと小さい頃と違って、この頃では以前よりだいぶ丈夫になっただで、時には外に遊びに出してやらなくては、またいつ家を抜け出されるかわからないぞ？　勝手に抜け出されるよりも、お目付け役がいたほうがいいじゃないか」

裕昭が朗らかに笑う。

高水家で、裕昭の言葉は絶対だった。和之も、トヨも黙り込む。

反対に、伸之の顔は明るくなる。

「ありがとう、お父さん、澤木さん。やった～！」

あんまり嬉しくて、伸之は澤木に抱きついた。まだ小さいせいで、腰に抱きつく形になる。

「よせよ。暑苦しい」

そう言いながら、澤木が伸之を払いのけることはなかった。

澤木の口元に、ほんのりと照れ臭そうな微笑が浮かんでいるのを、裕昭が目の端で捉えていた。


こうして、この日から澤木は伸之にとって、大大大好きな人になっていった。

伸之九歳、澤木二十一歳の夏の出来事だった。

§第一章

ふっと、伸之は目覚めた。ぼんやりとして、身体がふわふわしている。たぶん、熱のせいだ。

しんと静まり返った自室で、伸之はかすかに微笑んだ。発熱のせいで眠りが浅く、さっきまで見ていた夢を思い出す。澤木が、高水家に留まってくれた日の夢だ。

ぶっきらぼうで、眉間に皺を寄せていて、いつも不機嫌そうで。

ずっと苦手だった澤木が大大大好きな人になったあの日のことを、伸之は宝物のように覚えていた。

あれから八年。

伸之は小学校三年生から高校二年生になっていたが、まだ澤木は高水家にいてくれている。

あの頃は澤木が敬遠されている事情がわからなかったが、さすがに今は知っていた。

あの頃、黒い大型バイクに乗っている澤木のことを、伸之は『進んでいる』と思っていたのだが、その伸之の想像よりも澤木はずっと『進んでいた』ようだった。中学の頃から飲酒、喫煙は当たり前で、学校の先生を殴ったり、家にも碌《ろく》に帰らずに繁華街まで夜毎遊びに出ていたり。

とにかく、トヨが『不良』と言う類の学生時代を過ごしていたらしい。挙げ句の果てに高校の校舎の窓ガラスを派手に割って回って、あやうく警察に連れて行かれそうになったこともあったようだ。

　地元の高校をなんとか卒業したあとは、東京の専門学校に行っていたらしいが、その際に同級生を妊娠させただか、ヤクザの女に手を出しただかの騒ぎがあって、東京にいられなくなり、田舎に戻ってきたのが二十一歳の時。

　そんな、家族も持て余していた澤木を、伸之の父裕昭が自分の蔵の蔵人として雇ったのだ。

　その父も、もういない。三年前に癌で亡くなり、今は兄の和之が高水酒造の跡を継いでいた。

　兄といっても、年齢はかなり離れている。澤木と三歳しか違わないから、今は二十六歳。伸之とは九歳も違う。そのせいか、幼い頃からなにかと伸之の面倒を見てくれた、やさしい兄だった。そうとう過保護ではあったが。

　亡くなった母と同じように繊弱な身体に生まれついたため、兄も、母に代わって伸之の世話をしてくれたトヨも、真綿で包《くる》むようにして伸之を育ててくれた。

　時にそれを窮屈に感じながらも、二人が自分を大切に思っていることがわかっていたから、伸之もそれをこらえ、日々を過ごしていた。そんな伸之を外の世界に連れ出してくれたのが澤木だ。

　初めて乗ったバイクの疾走感、沢の爽やかなせせらぎ、手にした沢蟹がじたばたする可愛らしさ。なにもかも、伸之の宝物だ。

　それからも、澤木は折に触れて、伸之を外に連れて行ってくれた。父に言われて、トヨがお弁当を作ってくれ、それを二人でつつきながら足を川に浸したことや、春には友人の友一も一緒に少し離れた愛宕川《あたごがわ》まで蛙《かえる》のたまごを採りに行ったこと。

その蛙のたまごからおたまじゃくしがいっぱい孵《かえ》り、さらには蛙に成長して、トヨたちが悲鳴を上げたこと。

秋には森林公園に行って、それから、ダムまで紅葉を見に行ったこと。

全部、全部、子供の頃の楽しい思い出だ。

それらを次々と思い出し、熱があるくせに伸之はなんだか幸せな気持ちになる。

一番下っ端の蔵人だった澤木も、この八年の間、真面目に修行し、今では杜氏の山川からも片腕として認められ、重要な工程を任されるようにもなっていた。

高水酒造は昭和五十年代から徐々に、季節雇用だけではなく、年間雇用としても蔵人を雇うようになっていて、杜氏も自社内で育成する体制に切り替えていたから、社内の結束も固い。季節雇用として冬季だけ雇っている者にしても、大部分が地元の農家の人間だったから、幼い頃からの顔見知りも多い。

いわゆる伝統的な杜氏集団を雇用するという方法ではなく、自社育成のやり方に切り替えていったため、伝統的には『教わるのではなく盗め』式であった育成法も、教えられる手順はしっかりと教えていくやり方に変わっていった。

もっとも、手順を教えたからといってそのとおりにできるわけではない。やはり経験というのが必要で、それればかりは実際にやってみて苦労するほかない。

そういうわけで、地元の人間が多い高水酒造では、澤木の過去を知る者も多い。そのため、社内でも敬遠されがちな澤木だったが、伸之の面倒を見る形で高水家に残った澤木は、以降、酒造りにも真面目に取り組むようになり、めきめきと頭角を現していった。

なんだかそれが、伸之は自分のことのように嬉しかった。大大大好きな澤木が、この家で居場所を作ってくれるのが嬉しい。

だってそうしたら、それだけ澤木もここに長くいてくれると思える。もしも、澤木がずっと側にいてくれたなら――。

「……熱い」

トヨに見つかったら布団の中にしまい込まれるだろうが、いない間に少しだけと、伸之は火照《ほて》った足を布団から出した。端を蹴り上げ、両足を空気に晒《さら》す。

「はぁ……涼しい……」

吐き出した息は、自分でもなんとなく熱っぽく感じられた。

しかし、足を布団の外に出してホッと一息ついた伸之の耳に、小さく襖《ふすま》を叩く音がした。

伸之は慌てて全身を布団で包み、「はい」と答える。トヨが食事でも持ってきてくれたのだろうか。

だが、時計を見るとまだ三時だ。夕食には程遠い。それでは、おやつだろうか。

襖が開き、人影が頭を下げている。

「――失礼いたします、坊ちゃん」

「澤木さん……！」

入ってきたのは、澤木だった。桃の入ったガラス皿を盆に載せ、枕元にやってくる。

「トヨさんから預かりました。食べれそうですか？」

昔は染めていた澤木の髪も、今は元の黒髪になっている。それを、短く刈り上げてすっきりとさせていた。相変わらず無愛想な顔をしているが、昔のようにイラついた気配が消えて、代わりに渋みのようなものが加わっている。

兄の和之とは三歳しか違わないのだが、和之が線の細い秀麗な面差しをしているせいもあって、実際より十歳は違っていそうに見えた。

伸之はといえば、相変わらずだ。小学校三年生の時も歳より小さくて、細っこかったが、高校二年生になった今でもやっぱりクラスの中では小さいほうだ。和之と同じ女顔だったから、女子にもあまり男扱いしてもらえていない気がする。

もっとも、同じような女顔なのに、和之は背も高くて、勉強も学校で常に首席で、スポーツだってたいていのことができたから、バレンタインにはよく女の子からチョコをもらってくることが多かったし、告白されることだってしょっちゅうだった。

それがちょっぴり羨《うらや》ましい。けして女の子にもてたいわけではないが、せめて年齢相応に扱ってもらえる容姿だったらよかったのに、と伸之は思わずにはいられない。

なぜなら――。

「食べる。……澤木さんは、お仕事はいいの？」

いいのけ、と言いそうになった方言を呑み込み、標準語で伸之は訊ねる。子供の頃に、澤木から散々方言に鼻を鳴らされた経験から、伸之は極力方言を使わないで話そうと気をつけるようになっていた。特に、澤木の前では。

といっても、いつの頃からか伸之が方言を使っても澤木が聞き咎《とが》めることはなくなっていたから、今では澤木も方言を気にしなくなっているのかもしれない。

けれど、伸之は澤木に気に入られたいと、あの頃から常に思っていたから、聞き咎められなくなった今でも、できるだけ標準語を使おうと気を張ってしまう。

これが敬語であれば、いわゆる『よそゆきの言葉』という扱いになり、ほとんど方言など入らずに標準語ふうに話せるのだが、普段の口調で話すと、ついつい方言交じりになる。このあたりの人間はみなそんな調子で、伸之も同じだった。

だが、澤木を不快にさせないためなら、普段の言葉でも頑張って、方言を使わないようにする。

澤木が……大大大好きだから。特別に。

澤木はかすかに唇の端に笑みを見せながら、伸之に桃の入ったガラス皿を差し出した。

「ちょうど休憩時間ですから、いいんですよ。それより、熱の具合はどうですか？」

そう言って、すっと額に手を当ててくる。触れてくる澤木の大きな手の感触に、伸之の頬が熱

ない。


くなる。項《うなじ》から耳たぶにかけてもひどく熱っぽく感じられた。

だが、発熱しているせいで、頬が赤く染まったことに気づかれない。

「——ああ、まだ熱があるようですね」

澤木は心配そうに呟いて、伸之に薄いカーディガンを着せかけてくる。

正直暑いが、熱のある時は身体を温かくして汗を出すのが一番とトヨが言うのだから、仕方がない。

「ここのところ、気温の変化が激しかったですからね。お気をつけください、坊ちゃま」

「うん。いつも衣替えがすむと急に寒くなったりするよね。なんでだろう。その前はすごく暑くて、もう夏が来たって感じなのに」

「でもまた、すぐに暑くなりますよ。今年も猛暑だって、さっき天気予報で言っていましたから」

猛暑という言葉に、伸之はうんざりした表情になる。子供の頃だって夏はやはり暑かったが、ここ数年の暑さはそれとはまた桁違《けたちが》いになっている気がする。温暖化ということだろうか。

特にそれを感じるのは、夏よりも冬だ。子供の頃は裏に綿がもこもこについたコートでなくては寒くてたまらなかったのに、この頃ではもっと薄い生地のコートでも十分間に合う。

「あ～あ、いやになっちゃうな。ね、澤木さん、また沢に連れて行ってくれる？　あそこなら自然に涼しいよね」

ぱくりと桃を口にしながら、伸之は澤木を見上げる。沢のせせらぎに足を浸けながら過ごすのは、最高だ。

エアコンをあまり効かせすぎるのも身体によくないから、猛暑の夏は伸之にとってたまらなかった。

伸之の頼みに、澤木が穏やかに頷く。

「休みの日になりますが、またトヨさんにおにぎりでも作ってもらって、行きましょう」

「やった。楽しみにしてるね」

にこにこして、伸之は澤木を見つめる。澤木はこんな子供の相手などしても退屈なのだろうが、相手をしてもらえるうちは甘えてでもなんでも、澤木の側にいたかった。

ただそれだけが、伸之の望みだった。


しっかりと、伸之を布団に包んでから、澤木宗吾は伸之の部屋を出た。

静かに襖を閉じて、立ち上がる。盆の上の皿は綺麗に空になり、熱のせいで伸之の食欲が失せていないことに、宗吾はホッとしていた。

トヨの元に盆を置いて、宗吾は事務所に戻る。

あれから八年が過ぎ、幼かった少年も高校生に成長していたが、あいかわらず虚弱なところは変わっていない。特に夏は過ごしにくそうで、頬を真っ赤にして寝込んでいるのを見ると、ついあれこれと世話を焼きたくなる。

『……澤木さん、お願い』

そう言って、縋るように自分を見つめてきた幼い頃の伸之の姿を思い出す。あんなに必死になって宗吾を必要としてくれたのは、伸之が初めてだった。

両親ですら持て余していた自分を、どうしてあの時の伸之はあれほど一生懸命引き止めてくれたのだろう。

不思議に思いながらも、なぜか見捨てがたく、つい頷いてしまった宗吾だったが、今ではあの時引き止めてもらえてよかったと、伸之に感謝していた。

もちろん、居残る理由をつけてくれた亡き旦那様にも同じ気持ちだ。あの時、伸之の世話をしてくれと裕昭から頼まれなかったら、心引かれながらも意地を張って、宗吾は高水家を出て行っていただろう。

中学、高校時代の悪さのせいで、宗吾をよく思う大人はいなかったし、二十一歳になっていたあの頃も、まだ気持ちは荒れていた。

伸之、裕昭、それから、無口だけれど他の蔵人たちに対するのと同じように宗吾に仕込みのすべてを教えてくれた杜氏の山川。

彼らのおかげで、今の宗吾はある。

あの思春期の頃、どうしてあれほど荒れてしまったのか。今考えると、不思議だ。

最初は些細なことだったと思う。たとえば、好奇心からの喫煙を見つかり、教師にひどく叱責されたことや、中学一年生の頃から比較的大柄だったせいで上級生から因縁をつけられ、しかもその喧嘩に勝ってしまったこと。以来、なにかと絡まれ、またそれを喧嘩で振り払っていくうちに、周囲が宗吾に怯《おび》えるようになり、それがまた腹立たしくて、いっそう乱暴なふるまいをしてしまったこと。

暴力に暴力を返しても切りがないということを、あの頃の宗吾は知らなかった。

だからといって、他にどうしたらよかったのか。殴られっぱなしでいればよかったとも思えず、いまだ宗吾の中で答えは見つかっていない。

ただ、やり返せばやり返しただけ、周囲に怯えられ、それで宗吾はいっそう腹が立ち、ふるまいも乱暴になっていった。悪循環だった。

東京に行って心機一転やり直せるかと思ったのだが、バイトをしていたキャバクラで、ヤクザ筋の愛人を持つホステスが勝手に宗吾に横恋慕をしたせいで騒ぎになり、東京にも居辛くなってしまった。

都会にも、田舎にも自分の居場所などなく、持て余されていた自分を高水家の裕昭が雇ってくれても、それをありがたいとも思えないほど、宗吾の心は荒《すさ》んでいた。

思えば、裕昭はどれだけ辛抱強く、宗吾を受け入れようとしてくれていたことだろうか。

その恩を返せぬままに、三年前に裕昭は他界し、以来、高水酒造の経営状態は悪化する一方だった。

跡を継いだ和之が悪いということではない。

元を辿《たど》れば、裕昭の代から徐々に悪くなっていった経営状態が、若くして和之が跡を継いだことで一気に表面化しただけのことだ。

それまで、裕昭の顔でなんとか融資を繋げ、酒の卸先を確保していたのが、わずか二十三歳の新社長に将来を懸念し、次々と取引先を失っていったのは、和之の不運だった。あと十年裕昭が生きて、それから和之が社長となれば、まだもう少し取引もうまくいっただろう。

高水酒造の酒は悪くない。むしろ、いい酒と言っていいのではないか、と宗吾は思っている。

だが、もともと販売ルートが弱く、全国的な知名度にも欠けている。高水酒造独自のセールスポイントが必要だった。

そのために、今年から宗吾は杜氏の山川と共に、ある試みに取り組んでいた。

『秋上がりの酒』である。

今は、淡麗辛口のブームや、全国新酒鑑評会が五月に開かれることもあって、冬に仕込んだ酒を春に出荷するのが主流だが、本来の日本酒は冬に仕込んだ酒を秋までじっくり熟成させたものが一番美味しいと言われている。

それを、高水酒造でも手がけてみようというわけだ。完成すれば、高水酒造の売りになる。

ただ、熟成させたことで逆に味が落ちる場合もある。

その兼ね合いが難しく、一年目の今年は試行錯誤の連続になっていた。

それ以外にも、より高水酒造の特徴を出そうと、酒造りに杜氏一同知恵を絞っている。それが、職人として会社に貢献できる唯一のやり方だった。

だが、昔から高水家に仕えている大番頭——今は対外的には専務と名を変えているが——などは、昔、まだ高水酒造が大手メーカーと契約して酒を納めていた頃のことが忘れられないようだった。

昭和四十年代後半、このままでは日本酒の多様性が失われてしまうと懸念した先代裕昭が、ほとんどを大手酒造メーカーに納める形の酒造りを改め、高水酒造として売ることのできる酒造りを始めた。大手メーカーに提供することで安定的に得ていた収入が、それでぐっと減ったという。

しかし、そのやり方を数年続けるうちに、高水酒造の酒にファンがつくようになり、独自メーカーとして高水酒造もやっていけるようになった。裕昭が亡くなる五年前には、完全に大手メーカーとの取引を取りやめることができるほどになった。

杜氏にしても、自分の酒を売るという誇りが持てる。蔵人たちのやる気も、一本芯が通ったものになったのは、先代のこの決意のおかげだと、山川が言っていた。

だが、今のように経営が傾いてくると、昔の大手メーカーと契約しての酒造りのほうが収入が安定すると言う者が出てくる。

彼らと職人たちの狭間に立って、苦労しているのが和之だった。

和之には昔の悪さもすべて知られており、ひどく敬遠されていた宗吾だったが、大恩ある裕昭と伸之のためにも、和之を見捨てるわけにはいかない。

このところ、腕のいい職人として他の蔵からの引き合いも来ている宗吾だったが、落ち目といわれようとも高水酒造を出る気にはなれなかった。

「――失礼します」

事務所に入ると、和之が山川と気難しそうに話をしている。秋上がりの酒として熟成させている酒になにか問題でも起こったのだろうか。

「伸之の様子はどうだった？」

東京の大学に四年間通っていた和之は、もともと綺麗な話し方をするせいもあって、比較的標準語に近い話し方をする。昔からの友人相手くらいにしか、方言は出ない。

「まだ熱があるようでしたが、桃を全部食べてもらえました」

「そうか」

和之の顔がわずかに綻《ほころ》ぶ。日々、傾きかけた高水酒造の経営に追われている和之にとって、弟伸之だけが心の安らぎのようだった。

和之だけではない。高水家に仕える者たちみなにとって、伸之は愛《いつく》しむべき坊ちゃまだった。

「食欲があるなら、いいことずら。よかったですね、和之様」

山川も目元をやさしくして言う。

「ああ」

　そう答えながら、少しおもしろくなさそうな様子で、和之が宗吾をちらりと見やる。最初の頃のように蛇蝎《だかつ》のごとく嫌うということはなくなったが、やはり可愛い弟の側に乱暴者の過去がある宗吾がいることを、和之はおもしろく思っていないようだった。

　ただ、伸之が宗吾を慕っているため、遠ざけていないというだけのことだ。それに、伸之の世話をするようになって、宗吾の短気が収まってきたことも理由だろう。

　完全な信頼というわけにはいかないだろうが、この八年でそれなりの信用を得てきたことを、宗吾はありがたく感じていた。

　和之と山川が難しい顔をしていたのはどういうわけなのか訊いてみたかったが、差し出た口を挟むことは僭越《せんえつ》なふるまいだと、宗吾は自重した。

「蔵の様子を見てきます」

　一礼して、そう言う。山川が頷き、「頼む」と答える。和之は無言で、宗吾から顔を背けて書類を睨んでいた。

　資金繰りに問題でも発生したのだろうか。それとも、山川もいるということはこの冬の酒を造るための米の確保に問題でも起きたのか。

　どちらにしろ、宗吾に口を挟む権利はない。ただ黙って、いい酒を造ることだけが、宗吾の役割だった。

宗吾は黙々と蔵に向かった。

そんな社内の不安定な均衡が破られたのは、翌日だった。大番頭の森永《もりなが》が、大手酒造メーカーの仕入れ担当者を連れてきたのだ。

「どういうことだ、森永！　うちはメーカーとの未納税取引酒は造らないぞ。先代からそうしてきたじゃないか！」

未納税取引酒とは、俗に『桶買い』『樽買い』とも言われる、商品化する前の酒を酒造メーカー同士でやりとりする取引のことだ。

このやり方は、先代の裕昭の代で高水酒造としては撤退している。それを再びやれと言わんばかりの森永のやり口に、和之はカッとしたようだった。

「ですが、和之様。このままでは明治から続いた高水酒造が潰《つぶ》れてしまいます。それに、澤木にも他のメーカーから引き抜きがかかっていることですし、うちが落ち目だってことは他所《よそ》にも知られているのですから」

森永の言葉に、事務所にいた人間が目を見開いた。

「澤木に……引き抜きだって……？」

和之の声が擦《かす》れる。今までにも、高水酒造に見切りをつけた蔵人が他の酒蔵に勤め先を変えることは稀《まれ》にあった。しかし、それはすべて他所者――つまり、地元以外の人間だ。

澤木は曲がりなりにも地元の人間ではないか。それが、他所から引き抜きの話がありながら、それを仲間に黙っていたことに、事務所内に衝撃が走る。

いや、もしかしたら、杜氏の山川だけは知っていたかもしれない。まだ山川に相談している段階なのではないか。

和之はそう思い直し、蔵にいるはずの山川と宗吾を呼びにやった。

事務所に入ったとたん、山川も宗吾も眉間に深く皺を刻む。それほど、事務所の空気が凍っていた。

「……山川、澤木に引き抜きの話が来ていたことを知っているか?」

和之が山川に問いかける。宗吾を慕っていた伸之のためにも、知っていたと答えてほしかった。

そう答えてもらえれば、和之も安心できるだろう。

しかし、山川の渋面は深まるだけで、望んでいた答えは返らない。

「いえ……初耳ですが。――宗吾、おまえ、そんな話が来ているずらか?」

振り向いた宗吾の顔色は青褪《あおざ》めていた。それで、事務所のみなも大番頭の話が本当だと知る。

「俺は……たしかにそういう話はいただきました。ですが、ここを出る気はありません」

だからこそ、みなには言わずにいたのだ。どうせ断る話なのだから、と。

しかし、その考えが裏目に出たようだった。

「それなら、三ヶ月も黙ったままでいることはねえずら。きっぱり断ればすむことだに」

森永が意地悪そうに口を出す。

三ヶ月という言葉に、またみながざわめく。

宗吾は慌てた。きっぱり断れというのなら、最初からきっぱり断っているのだ。ただ、相手がなかなか諦めないだけで——。

そう言おうと口を開くが、和之に機先を制されてしまう。

「三ヶ月も……。結局、おまえはここの人間になりきっていなかったんだな」

冷たい和之の声。

「違います、和之様！　俺はここを辞める気は……！」

「だが、山川にさえ黙っていたじゃないか。もともと、おまえは好きでうちの蔵に入ったわけじゃないものな。落ち目になったうちになど、用はないか」

和之はため息を吐き出す。宗吾を嫌いながらも多少は寄せていた信頼が、消えていこうとしていたようだった。

眼差しを改め、和之が宗吾を見やる。

「別に、うちに義理立てする必要はない。さっさと他所の蔵元に行くといい。わたしは一人になっても父さんの蔵を守る。——森永！」

和之はするどく大番頭を振り返る。強い口調に、森永がびくりと肩を竦めた。

「は、はい、和之様」

「せっかくだが、わたしは父さんのやり方を変える気はない。高水酒造は自分の酒を売る。大手メーカーの下請けになる気はない。帰ってもらえ」

「しかし、和之様。このままではうちは……！」

なんとか説得しようとしてくる森永に、和之がたまりかねたように厳しい声を発する。

「潰さない！　潰すものか。まだ手はある。うちの酒は……山川が造る酒は最高の日本酒なんだ！」

きっぱりと言い切り、森永を睨む。

その気迫に、森永も負けたようだった。応接室に待たせている、大手メーカーの仕入れ担当者の元にとぼとぼと向かう。

必ず守ると言い切った和之の下に、従業員が集まっている。

そこに、宗吾も行きたかった。引き抜きの話を言わなかったのは、気を惹かれたからではない。

きっぱりと断っていたから、仲間に言う必要はないと思っていただけなのだ。

裏切る気などない。

けれど、黙っていたことが凝《しこり》になって、宗吾と他の従業員たちの間に立ちはだかっていた。

——裏切ることなどない、けして……。

宗吾は拳を握りしめた。

その宗吾の肩を、山川だけがなだめるようにひとつ叩いて、蔵へ戻ろうと顎《あご》をしゃくってくる。

いい酒を造る。そうすれば、みなの誤解も解ける。

山川は無言でそう言っているようだった。

宗吾は唇を噛みしめ、山川のあとに従った。

いい酒を造る。

それだけが、宗吾にできるただひとつの貢献だった。


事務所へと通じる勝手口で、伸之は愕然《がくぜん》としていた。

——澤木さんに引き抜きの話が来ていただなんて……。

澤木はたしかに高水酒造でもめきめきと頭角を現していて、そろそろ杜氏として独り立ちしてもおかしくはない。

けれど、今この大変な時に高水酒造を離れるなんて信じられない。

伸之の足から力が抜けそうになる。

しかし、事務所から人が出てくる気配に気づいて、伸之は慌てて母屋《おもや》に戻った。

澤木は他所に行ってしまうのだろうか。

そう思いかけ、ハッとする。澤木は行くとは言っていなかった。ここを辞める気はないときっぱりと言っていた。

その言葉を信じるのなら、澤木は他所の蔵元に行くことはないはずだ。

でも——。

森永が大手酒造メーカーの仕入れ担当者を連れてきたという女衆の話から、居ても立ってもいられず、まだ微熱があって学校を休んでいた伸之は事務所までそっと様子を見に行ったのだが、それよりももっと大変な話を聞いてしまった。

兄の低い声は、怒りに震えていた。なんだかんだ言いながら、兄も澤木のことを頼りにしていたのだろう。

その澤木が、引き抜かれるかもしれないなんて。

伸之はどうしてももう一度確かめたくて、母屋から蔵へと向かった。絶対に行かないと、澤木の目を見て確かめたかった。

蔵へと向かうと、澤木が山川と一緒に、貯蔵タンクの様子を見ている。今年の秋に出す、ひと夏熟成させる日本酒だ。

ぷんとした酒の匂いを嗅ぎながら、伸之は蔵に入った。

「澤木さん——」

声をかけると、澤木が驚いたように振り返る。だが、泣きそうな伸之の顔に、なぜ来たのか悟ったのだろう。

「まだ熱があるのでしょう？　無理をしてはいけません」

そう言いながら、歩み寄ってきた。

「澤木さん、あの……」

山川は黙々と貯蔵タンクの様子をチェックし、蔵から出て行く。口には出さないが、仲之のために席を外してくれたのだろう。

仲之は澤木をじっと見つめて、問いかけた。

「引き抜きの話……本当？」

「……はい。ですが、どこにも行く気はありません」

「ずっと……ここにいてくれるのけ？　あ、じゃない。いてくれるの？」

思わず方言が交ざってしまった仲之に、澤木がふっと笑みを浮かべる。

「普通に喋ってくださってかまいません」

「でも……」

仲之は口ごもる。

「方言は嫌いなんじゃないの？　……って、昔言っていたから」

おずおずと言うと、澤木が困ったように微笑を深めた。

「そんなことも言ったことがありましたね。あの頃は、ここのなにもかもがいやでしたから
……」

「今も……嫌い？」

嫌いじゃなければいいのに。そう願いながら、伸之は澤木を見上げた。さっきの騒ぎもある。トヨも和之も八年の間には澤木を受け入れてくれていたが、まだ当たりがきつい時がある。

いつまでも偏見の目で見られるここよりも、誰も澤木のことを知らない場所に行ってやり直すほうが、澤木にとってもいいのではないか。そうも思える。

けれど、それでは伸之は澤木の側にいられない。まだもう少し。いつか澤木だって伸之よりもっと大切な人ができるだろうが、子供でいられる間はまだ、澤木に守られていたかった。澤木の側に、いたいから……。

その気持ちに名前をつけてはいけないと、伸之は必死に自制していた。名前をつけてしまったら、もう元に戻れなくなる。今だってこんなに澤木の側にいたいのに、もっともっとどろどろした感情が溢れ出して、自分でも止めようもなくなってしまう。そうして、澤木自身にもきっといやな思いをさせてしまうに決まっている。

だって、これは許されないことだから。

だから、自分はこれを絶対に言葉にしない。言葉にしなければ、存在しない。伸之はただ澤木に甘えたいだけ。甘やかされた子供のふりをして、澤木の側にいたいだけ。

必死に想いを押し込めて、伸之は澤木を見つめた。

澤木はどこか痛いような顔をして、伸之を見つめ返している。

しばらくして、澤木が口を開いた。

「嫌いでは……ありませんよ。大旦那様と仲之様が、居場所を作ってくれましたから」

そう言って、そっと微笑んだ顔は辛そうだった。

高水酒造に勤めて以来、澤木は同じ町にある実家には帰らず、杜氏の山川と共に、高水家内にある蔵人用の家に住んでいた。

昔、酒を造る時期だけ、東北から蔵人の一団を呼んでいた時に使っていた家だ。今は、ほとんどが地元からの通いに変わっているため、使用する人間は杜氏の山川くらいだった。そこに、実家からも匙《さじ》を投げられた澤木も住んでいるのだ。

今はもう、こじれた家族関係も多少はよくなっているようだったが、依然、澤木は高水家に住まっている。

そこにはしょっちゅう、仲之も遊びに行っていた。

「うるさくなかった？　ぼく、いつも澤木さんに纏《まと》わりついていたから……」

本当は今でも、小学生の頃のように纏わりついていたかった。

その本音は隠して、澤木に訊ねる。

澤木はクシャリと笑って、仲之の髪を撫でてくれた。

「いいえ。仲之様に必要とされるのが、本当はとても嬉しかったですよ。照れ臭くて、ひどいことばかり言ってしまいましたが」

「よかった」

伸之の頬にも笑みが浮かび上がる。澤木はまだ髪を撫でてくれていて、それがむしょうに嬉しかった。

「――ずっと、うちにいてね。兄さんがあんなふうに怒ったのも、きっと、澤木さんのことを頼りにしていたからだと思うから。だから、ここのこと、嫌いにならないでね」

「はい――」

澤木が微笑んで、頷く。

澤木はきっとここにいてくれる。伸之にはそれが信じられた。

――澤木さん、大大大好き……。

本当に言いたい言葉を子供っぽい言い方でごまかし、伸之は心の中でそっと呟いた。

§第二章

「坊ちゃま、また澤木のところに行ったずらか？」

夕食のあと、小一時間ばかり澤木の住まいにいた伸之は、母屋に戻るとトヨに咎められた。トヨや杜氏の山川のような七十歳近い人間は、言葉にも時折『ずら』が交ざる。

伸之は首を竦めて、トヨを振り返った。

「ちょっとだけ、一緒にテレビを見てきただけだに。別にそれくらい、いつものことだら」

小さくなりながらも精一杯、トヨに言い返す。

澤木に引き抜きの話があったと知られて以来、みなの澤木に対する態度が微妙に変化していた。

一言で言えば、『裏切り者』である。

澤木ははなから応じる気がなかったし、だからみなにも引き抜きの話を言わなかっただけなのだが、和之から大手酒造メーカーとの下請けの話を断られた大番頭の森永が、自身の失点を覆い隠そうとするかのように、澤木の引き抜きの話を吹聴したため、周囲の澤木を見る目は厳しくなる一方だった。

もともと、十代の頃の悪さのせいで、澤木の評判が芳《かんば》しくないことも不利となっている。

それに、高水酒造が地元密着型の会社であることも、澤木の立場を悪くしていた。狭い町ゆえ、誰もが澤木の過去の行状を見知っているからだ。

――ずっと真面目に働いてきたのに。

それでも、なにかあれば町のみなはまだ澤木を疑う。

伸之は悔しくてならなかった。

どうして、澤木の言うことを信じてやらないのだろう。

だが、澤木よりも、高水家の大番頭の立場のほうがずっと町での信用度が高い。その大番頭の森永が、「澤木はひそかに他の蔵元の人間と会っていた」だの、「今の給料の五倍の金額を言われたらしい」だの、まことしやかに吹聴しているのだから、澤木の立場がよくなるはずもなかった。

――ぼくは絶対に澤木を信じる。

伸之はそう心決めていたから、森永の吹聴する噂に耳を貸さない。

その気持ちを示すために、伸之は普段どおり蔵を覗《のぞ》いて澤木に声をかけたり、夕食後に遊びに行ったり、以前と変わらない行動を取っていた。

それがトヨには気に入らないようだった。

「坊ちゃま、澤木はいつ高水家を裏切るかわからない男ずらよ。あまり側に近づかないほうがいいずら」

「澤木は裏切らない。ずっとここにいるって、ぼくに言ったに！」

「それは坊ちゃまが……！」

大きな声を張り上げた伸之に言い返そうとしたトヨが、中途で言葉を止める。もどかしそうに押し黙り、ため息をついた。

「とにかく、坊ちゃまももう高校生なんだで、いつまでも澤木、澤木と纏わりついている歳じゃあねぇずら。いいかげん、大人にならねば」

「纏わりついてなんてないに！　一緒にテレビを見たり、ちょっと話をするくらいのこと、なんでトヨに咎められなくちゃいけないんだよ！　子供の頃からしてきたことだに？　澤木は悪くない」

伸之はきっぱりと言い切って、トヨに背を向けた。トヨはなにもわかっていないと思った。トヨだけではない。兄も、蔵の人間も、町の人たちも、なにもわかっていない。

昔、澤木がこの町を息苦しいと言った言葉の意味が、この頃伸之にもわかってきていた。誰もが顔見知りで、過去の行状がいつまでもついて回る。澤木はとっくに真面目な男になっているのに、町の人間はそれを認めようとしない。

いや、一時的には認めていても、なにかことがあるとすぐに、昔のことを持ち出して、澤木を咎める。

こんな具合では、澤木がこの町を出たがったのは当然だと伸之にも思えた。

でも、澤木はここにいると言ってくれている。この町を嫌いではないと言ってくれた。

もう一度みなに信じてもらえるよう、伸之も一緒になって、澤木の気持ちをわかってもらうようにしなくては。

そのために、自分ももっと頑張ろう、伸之はそう固く決意した。


宗吾が入ると、食堂内の会話がぴたりと止まる。

宗吾はかすかな自嘲を口元に刻んだ。違うと言っても信じてもらえない。

この感覚は久しぶりだった。

十代の頃、それから、久しぶりにこの町に戻ってしばらくの間も、自分が通るとヒソヒソと何事かを噂されたり、部屋に入れば静まり返ったりされた。

胸糞が悪いとあの頃は思い、それゆえに荒れもしたが、二十九歳の今は苛立ちよりもため息のほうが強い。

おそらく、必ず自分を信じてくれる人間がいるからだろう。

――伸之様。

いつ頃からあの少年を『ガキ』ではなく、『伸之様』あるいは『坊ちゃま』と呼ぶようになったのか。

明確な時期は覚えていない。

ただ気がつくと、呼び方が変わっていた。それと共に、伸之に対する話し方も変わっていたように思う。

あの頃の自分が、まさか将来、こんな穏やかな話し方をするようになるとは、夢にも思っていなかったに違いない。

そういうふうに、宗吾の鋭気を柔らかにたわめてくれたのが、伸之だった。

自分という存在を必要としてくれた子供。

そして、自分という人間を信じてくれた少年。

そこに、愛しいという想いが加わったのは、いつからだっただろうか。

こんな感情が自分の中に芽生えたことに、宗吾は戸惑い、驚かざるをえなかった。

なんといっても、相手は主筋の坊ちゃまで、自分と同性の男なのだ。

その伸之に、こんな感情を抱くなんて――。

むろん、許されないことだとわかっている。

男同士ということももちろんだが、よしんば伸之が少女だったとしても、宗吾と伸之では立場が違いすぎる。

高水家の大切な坊ちゃまに、宗吾のような他人《ひと》に眉をひそめられる過去を持った男などそぐわない。

もしも、伸之が女性だったとしたら、宗吾ではなく、高水家に相応《ふさわ》しい家柄の男に嫁ぐことになっただろう。

戯《たわむ》れの恋の相手にだって、宗吾は相応しくない。

だから、この想いは宗吾一人の想いだった。

もし、相手が幸せならばそれで自分も幸せなのだと、過去の宗吾に言ったのならば、あの頃の自分は鼻で笑ったことだろう。手に入れようとしなくて、なにが恋だと、そうできない人間を意気地なしと馬鹿にしただろう。

だが、そうではない。意気地がないから、想いを告げないのではない。相手を思うからこそ、告げない想いもあるのだ。

それを宗吾は、伸之から教わった。十二歳も年下の少年から、だ。

子供から瑞々《みずみず》しい少年へ――そして、おそらくは美しい青年へと――花開いていく伸之の成長を、宗吾は眩《まぶ》しい思いで見つめていた。

その伸之の信頼のためにも、傾きかけた高水酒造を見捨てることなど、宗吾には考えられなかった。

そのことを、周囲のみなにもわかってもらうためには、地道な努力が要る。昔のようにカッとなって、短気を起こしてはならない。

冷ややかな空気に奥歯を食いしばり、宗吾は無言で乱暴に置かれた昼食の膳を手に、食堂の隅に腰を下ろした。

宗吾が箸を取り、食事を始めると、食堂内のざわめきも復活する。

「いつまでここにいるつもりなんだ」

「出て行くなら、早く出て行けばいいだに」

そんな吐き捨てるような声が、切れ切れに聞こえてくる。

それらの雑音を、宗吾は一切無視していた。言葉でわかってもらえないなら、行動でわかってもらうしかない。そう思っていた。

そんな宗吾の前に、蔵人の一人が立つ。

「――ここの五倍の給料なんだら？　なんでさっさと行かねぇんだよ、澤木」

目を上げると、高水酒造に入った時から、なにかと宗吾に絡んできた石本《いしもと》だとわかった。

宗吾はついため息を吐き出す。石本は入社当初から宗吾が気に入らないようで、冷たい冬にわざと何度も桶を洗わせたり、掃除し終えた場所を故意に汚して、また掃除するように命じてきたり、陰湿なやり口で宗吾に当たることが多かった。

そのことを思い出し、ついついため息を石本が聞き咎める。

「なんだ、偉そうだな。親方に可愛がられているもんだで、自分まで偉くなったつもりかよ」

「……そんなつもりはありません。なにか御用ですか？」

穏やかに聞き返すと、石本がおもしろくなさそうに鼻を鳴らす。

「俺は、いつここを出て行くかって訊いてるんだよっ。それともなにか、今年から始めた酒を熟成させるデータを採ってから、ここを辞めるつもりか？　おまえなら、そういう汚いこともやりかねないよな」

「お、おい、石本、言いすぎだら」

さすがに、周囲の蔵人から止めが入る。

それもまた石本にはおもしろくないようだった。

「酒造りってのはチームワークなんだよ。おまえみたいに和を乱す人間がいると、迷惑なんだ、けっ」

吐き捨てて、石本は食堂を出て行く。残された者たちも、石本の言葉を言いすぎと思いながらも、さりとて宗吾に味方する気にもなれず、うやむやのまま散って行く。

それらの感情が、宗吾には手に取るようにわかった。十代の頃と同じだ。日和見《ひよりみ》の、どちらつかずの連中が、結局最後には宗吾を敵視し、宗吾の居場所をなくしていく。

それに対して、昔も今も、宗吾は語りかける言葉を持たない。どう言ったらわかってもらえるのか、見当もつかなかった。

それで、結局は黙り込むことになる。

ふと気がついて、言いすぎだと石本に言ってくれた男に礼を言おうと思いつくが、男を見つけて視線を向けると、困ったように目を逸らされてしまう。

宗吾に関わりたくないのだ、と知れた。

下手に礼を言っても、かえって迷惑になるかもしれない。

宗吾はため息を押し殺し、箸を強く握る。

自分にかけられた誤解を、どう解いたらいいのか、口下手な宗吾にはわからなかった。


「へへ、こんばんは」

母屋の夕食が終わったのか、伸之が宗吾の住まいに顔を覗かせる。

このところ、孤立している宗吾を心配してか、伸之が顔を見せる回数が多くなっていた。

伸之の思いやりを感じ取り、宗吾の胸の奥がほんのりと温かくなる。

伸之は襟元を寛《くつろ》げた半袖のシャツに、膝丈のショートパンツ姿だ。寛げた襟元から覗く華奢《きやしや》な鎖骨に、宗吾はさりげなく目を逸らす。伸之にそんな気はないのだろうが、目の毒だ。

「よろしいのですか、坊ちゃま。こんなに毎晩……」

「いいの！　……それとも、澤木は迷惑？」

宗吾の懸念を強く否定したあと、気弱そうに伸之が訊ねてくる。窺うような上目遣いの眼差しは、最初に出会った頃の無邪気さのままの、一途《いちず》な眼差しだった。

思わず、宗吾の口元が綻ぶ。

「いいえ。さ、どうぞ」

今日も伸之が来るのではないかとあらかじめ予想し、エアコンの温度が高めになっている。伸之は暑いのもダメだが、涼しすぎるエアコンの風もダメだった。

「おじゃましま～す」

他愛ない話をしたり、テレビを一緒に見たりするだけなのに、伸之はひどく嬉しそうに宗吾の部屋に上がる。

そんな伸之を見ているだけで、宗吾のささくれ立った神経も癒されていく。

「あ！　そうだ、これ。冷蔵庫から持ってきた。食べよう！」

四分の一に切ったスイカを、伸之が差し出す。おそらく、トヨに黙って持ってきたものだろうと思われた。

いいのだろうか、と宗吾の眉がわずかに曇る。

それを敏感に見て取った伸之が「大丈夫！」と声を上げる。

「ぼく用のおやつだから、平気！　冷えてるうちに食べようよ、澤木さん」

「はい、いただきます」

宗吾は苦笑する。トヨにはあとで嫌味を言われるかもしれないが、伸之がせっかく持ってきてくれたのだから、ありがたくいただこう。

宗吾は渡されたスイカを簡易台所で半分に切り分け、軽く塩を振ってから、居間に持っていった。

「夏はやっぱりスイカだよね」

いつもの定位置に伸之は座り、早速スプーンを手に取る。

「そうですね」

そう言いながら、宗吾は伸之の言葉使いがいまだ標準語なのに気がつく。かまわないと以前言ったが、やはり気にしているのだろうか。

「――いつもお友達と話しているふうには話してくださらないのですか？」

と訊いてみる。

伸之は「え？」と首を傾げた。

「友達と話すみたいって？」

「方言。使ってくださらないのですか？」

穏やかにそう言うと、伸之の頬がうっすらと赤くなる。なにを恥ずかしがっているのだろう。

宗吾は不思議に思いながら、伸之の頬の赤みを見つめた。

伸之は唇を尖《とが》らせながら、言い訳する。

「だって……なんか意識するとかえって話しにくくて。澤木さんとはずっと標準語って思っていたから、いざとなるとどう話したらいいのかわからなくなっちゃうみたい。それに、澤木さんは今でもあんまり方言で話さないよね？」

「ああ、それは……」

心を入れ替えてから、誰に対しても敬語を使うように心がけていたから、自然、方言をあまり使わないままになっていた。それだけのことだ。

そのことを伸之もわかっているのか、どこかつまらなさそうに言う。

「澤木さん、最初の頃と全然言葉使いが違うから……。もう、あの頃みたいに、普通に年下相手に喋るみたいには喋らないの……け？」

最後にふと思いついたように、方言をつけてくる。

そう言いながら、ちらりと宗吾を仰ぎ見てくるのが可愛くて、宗吾の笑みが深まる。

「立場が違います。わたしは、坊ちゃまの家の会社に雇われている身分ですから」

「でも、ぼくが雇っているわけじゃない。兄さんに対しては、そりゃあ敬語じゃなくちゃダメだろうけど、ぼくみたいに十二歳も年下相手にはもっと普通の喋り方でもいいんじゃないかな……って思うんだけど。ダメ？」

思わず「はい」と頷いてしまいそうだ。高校二年生にもなって、どうしていまだにこんなに可愛らしいのだろう。

そして、こんな愛すべき少年を抱きしめたいと思う自分を、汚らわしく感じる。

一呼吸入れるために、宗吾はスイカの種をスプーンの柄でいくつか取る。

「ねえ、澤木さん」

答えを求めて、伸之が重ねて問いかけてくる。

宗吾はスイカから顔を上げて、落ち着いた声音で「いけません」と答えた。声が上擦っていないことにホッとする。

「ケジメです、坊ちゃま。本当なら、もう大きくなった坊ちゃまとこうしてたびたびお会いするのもいけないことです」

「どうしていけないのけ。ぼくは澤木さんが……澤木さんと一緒にいるの、子供の頃から好きなのに」

わずかに声のトーンを落として、伸之が言う。そっとこちらを見る眼差しに、宗吾はどきりとしそうだった。

伸之はどこか切なげな、苦しげな眼差しで宗吾を見つめている。

どうしてそんな目で、自分を見るのだ。

宗吾は息苦しさを感じ、伸之から目を逸らした。

「――もう子供ではありません。大人というわけでもありませんがね」

わざとからかうように言って、笑い声を上げる。

笑い飛ばしたことで、伸之の不可思議な眼差しが、いつもの屈託のない無邪気なものに変わる。

「ちぇっ、どっちでもないなんてつまらないの」

いつもの伸之に戻り、宗吾はホッとした。

そのあとは、テレビのクイズ番組を見ながら、お互いに答えを言ったり、考え込んだりして時間を過ごした。

小一時間ばかりで、伸之は宗吾の住まいから母屋に戻る。

母屋まで伸之を送り、宗吾は自分の部屋に戻った。

いつまでこうしていられるのか。

ふと、そんなことを思う。無邪気に宗吾を慕ってくれる伸之と、いつまで今のような関係でいられるのか。

そんなことを思うのは、今日の伸之の眼差しのせいだろうか。切なげな、苦しげな……。

いいや、あれは気のせいだ。でなければ、宗吾の立場を心配した伸之の心が、意味ありげな眼差しに宗吾を誤解させたのだ。

自分のこの想いは、けして伸之に知られてはならない。自分に居場所を作ってくれた子供が、いつの間にか宗吾にとって大切な人間になっていたなどと告げることは、あまりに重すぎる。

思考に沈んでいたせいで、宗吾は俯き加減に部屋に戻っていた。

その足が、部屋を目前にして止まる。

「——親方……」

影に気づいて顔を上げると、杜氏の山川が宗吾の部屋の前に立っていた。

山川はどこか渋い顔をしている。引き抜きの件だろうか。それとも、みなとギクシャクしていることで、なにか注意されるのだろうか。

宗吾は身構えた。

しかし、山川の口から出てきた言葉は、まったく予想だにしなかった言葉だった。

「坊ちゃまを送っていったのか」

「はい……」

答えた宗吾に、山川は気まずそうに頭をぼりぼりと掻く。

それから、大きくため息を吐き出して、心決めたように口を開いてくる。渋い顔を山川はしていた。

「……こんなことは言いたくねえが、おめえ、自分の立場ってのわかってるだろうな」

言いにくそうに口を開いた山川の口調は、ただの忠告にしては硬かった。

宗吾ははっとした。なぜ、いきなり山川がこんなことを言ってくるのか。

もしや、自分の想いが山川にはばれているのか。いや、そんなことはないはずだ。伸之に対して、自分の想いが他人にばれるようなふるまいなどしていないはずだ。

だが、わざわざ忠告しにきただけにしては、山川の態度はぎこちない。

顔色がわずかに変わった宗吾に対して、山川は眉間に深く皺を刻んでいる。訥々《とつとつ》とした口調は、いかにもみなをまとめる親方らしい実直さがこもっていた。

「オレは、一番おめえと長い時間いる人間だで、見たくねえことも見える。いくら坊ちゃまがおめえに特別な感情を持ってるからといって、おめえまで分別を忘れないでくりょ。おめえのほうが大人なんだで」

「特別な……感情……？」

山川がなにを言っているのか、宗吾の理解はわずかに遅れた。予想していたのは自分の気持ちのことで、伸之の気持ちのことではない。それなのに。

伸之が宗吾に特別な感情を持っている——。

宗吾の分別——。

その言葉が指し示すものは、ひとつしか想像できなかった。

——まさか、伸之様が……!?

考えてもみなかった言葉に、宗吾は驚いて目を見開く。自分の耳が、山川の言葉を聞き間違えたのではないかとすら思った。

だが、愕然とした宗吾の様子に、山川が顔色を変える。

「まさか……！　おめえ、坊ちゃまのお気持ちに気づいてなかったのか？　そんな……」

動揺する姿は、とても嘘偽《いつわ》りを言っているようには見えなかった。

それでは、宗吾ばかりではなく、伸之も宗吾を想ってくれていたのか？

「坊ちゃまは……伸之様は、俺を？　まさか」

そう口にしながら、喜びが心の奥深くから滲《にじ》み出してくる。

もしも山川の言うことが正しいのなら、伸之も宗吾を憎からず思ってくれていることになる。

仲之が宗吾を——！

「いや、いや、ダメだ、澤木！　坊ちゃまはダメだ！　おめえも坊ちゃまも同じ男ずら！　けっして馬鹿なこと、考えるもんじゃねえぞ、澤木！」

がくがくと肩を揺すぶられる。込み上げる喜びに身を浸しそうになっていた宗吾は、はっと現実に連れ戻された。

そうだ。仲之は男で、自分も男。よしんば、山川の言うとおり相思相愛の身だったとしても、許される関係ではない。

山川の言うとおり、大人である自分が分別を働かせるべきことだった。当然だ。どちらにしろ、許されることではないのだ。

宗吾は、込み上げる喜びを押し潰した。

「——わかっています、親方。けっして許されることじゃない。承知しています。心配は無用です」

「本当だな？　オレはおめえを信じていいんだな？」

下から覗き込むようにして宗吾の目を捕らえ、山川が言ってくる。

念を押されるまでもなく、当然のことだった。

「はい」

宗吾は山川をしっかりと見つめ返し、頷いた。たとえ仲之が宗吾のことを想ってくれているとしても、そのことに宗吾が気づかないふりをし続ければそれまでだ。

だが、その時、ふいに宗吾の脳裏に今夜の仲之の切なげな、苦しげな眼差しが蘇《よみがえ》る。

あの眼差しが自分への想いゆえだとしたら――。

いいや、思い出すまい。自分はなにも見なかった。仲之が幸せになるために、自分の想いは不用だ。

おそらく、仲之のそれは思春期の気の迷いで、大人になれば相応しい女性を好きになるはずだ。

宗吾への想いなど、思春期特有の年長者への憧れに過ぎない。

だが、と宗吾は自嘲した。仲之の感情の方向ばかりでなく、己の感情の在り処まで山川に知られていたとは、自分の未熟さを思い知らされる。

「――どこから……親方は……」

言葉少ない問いかけに、山川はため息をつきながら答える。

「坊ちゃまのほうは、いくら朴念仁《ぼくねんじん》のオレでも丸わかりずら。小さい頃からおめえに懐いていたのは見ていたが、この頃では思いつめたような目でおめえを見ていなさることがある。それがなくても、高校二年生にもなっていまだにおめえにくっついて回ってるなんて、妙じゃないか。見る人間が見りゃあ、わかるもんずら。――おめえのほうは、気づいているのはオレくらいのもんだろう。おめえは二十一歳でここに来てから、オレがずっと面倒を見てきたんだ。おめえがなにを考えてるかなんてくらい、わかるに決まってるずらよ。男同士なんて……はぁ」

山川が首を振る。

「……申し訳ありません」

宗吾は他に言葉もなく、頭を下げた。昔気質《かたぎ》の職人の山川は、宗吾にやさしい言葉こそかけることは少なかったが、いつでも宗吾をその他の蔵人たちと同等に扱って、職人として仕込んでくれた。

そのことに、改めて感謝するしかない。

それなのに、こんな面倒な心配をかけてしまったことを、宗吾は申し訳なく思った。

だが、想うのは心だけのことだ。伸之とどうこうなろうなどと、そんな大それたことなど望んでいない。

「親方、俺は坊ちゃまとどうこうなんて、考えてません。本当です」

「……ああ、そうみたいだな。よかった」

そう言って、山川は宗吾の肩を軽く叩く。疲れたような顔をしているのは、宗吾のせいだろう。

またひとつため息をついて、山川は呟くように言った。

「昔だって、男同士でどうこうなんて話、なかったわけじゃない。けどな、そりゃあくまで女がいない時の代用品だ。でなけりゃ、物好きな旦那の遊びか。男の本当の伴侶ってのは、女って決まってるんだで。わかってるよな、澤木」

「……はい」

男の本当の伴侶は、女――。

そんなことはない。少なくとも、自分にとっては。

そう心で呟きながら、澤木は山川に頷いた。自分にとって伸之は特別な少年だが、伸之にとってはおそらく違う。身体の弱い少年が、年長の頑健な男に憧れるというのはよくある話だ。その時期を過ぎれば、伸之の心も変わる。

自分は、ただこの一時《いっとき》だけでも伸之が自分を特別に想ってくれていることを嬉しく思おう。

宗吾はそう思った。

けれど、けしてそのことには触れまい。

山川に言われなくても、宗吾にはわかっていた。

伸之は、宗吾にとっても大切な宝物なのだから。

澤木に対する風当たりは、日に日に強くなっているようだった。

大番頭の森永があおっているせいもある。

それに、高水酒造の将来《さき》に不安があるため、澤木に当たることでその不安を解消させようとする無意識が働いて、澤木に対する当たりがことさらきつくなるのかもしれない。

孤立している澤木を思うと辛くて、伸之は学校でもついため息が多くなっていた。

「大丈夫け、伸之?」

昼休みに弁当を食べながら、またため息をついた伸之に、幼稚園からの幼馴染みの須藤友一が訊いてくる。

伸之の弁当は、ほとんど減っていなかった。

「澤木さんのこと、まだ心配なのけ? あの人なら大丈夫だって。いつものむぅっとした顔して、人の言うことなんて右から左に決まってるじゃん」

「……うん」

あらかた事情を知っている友一は、わざと明るい声でもって、伸之を励ましてくる。

伸之たちが通っている高校は、自宅から自転車で通える距離にある。かつて、澤木も通った高校であった。

レベルはそれほど高くない。

伸之の学力であれば、もっとよい高校に行けるのだが、それだと、バスと電車を乗り継いで通うことになる。

伸之の体力では少々大変なのではないか。そう危惧した兄との話し合いによって、伸之は自宅に近い高校に進学していた。

もっとも、雨の降る日などは車で送り迎えされて、ちょっと恥ずかしい。

しかし、たいてい澤木が送り迎えしてくれるから、その点は嬉しかった。

「澤木さん、ぼくとはけっこう話すんだけど、みんなとはあんまりだもんで、誤解もなかなか解けなくって、心配なんだ」

トヨの作ってくれた魚の煮つけをつつきながら、伸之は不安を口にする。澤木は口下手で、あまりみなとも話すことがなかったから、よけいに誤解は解けないままでいた。

口が重いところは、師事している山川に似たのだろうか。親子でもないのに、山川と澤木は似ているところがいろいろあった。

「昨日はさ、澤木さんのお父さんとお母さんがうちに来ただに。そいで、みんなに謝ったり、澤木さんに怒ったりして……。本当にもう、なんでこうなるんだろう」

伸之がぶつぶつと呟くと、友一も大きく頷いてくれる。

「澤木さんの悪かった時って、俺らは知らないけどさ。今はいい人じゃん。俺も、伸《のぶ》に便乗してけっこう遊びに連れて行ってもらったし」

「そうだら？　そうだよね、友ちゃん」

同意してくれるのが嬉しくて、つい幼い頃の呼び方になる。

とたんに、友一がやめろと手を振る。

「『ちゃん』をつけるのはやめれって言っただろうーが。もうガキじゃないんだぞ、俺らは」

「う……ごめん、友一」

しまった、と伸之は首を竦めて謝った。

友ちゃんは友一に、伸ちゃんは伸に、高校生になるのを機に呼び方を改めていた。それでも時々、つい『友ちゃん』と出てしまう。

友一は気を改めるように咳払いし、口を開いた。

野球部に入っている友一は、邪魔だからと髪を短くしている。

気性も、見た目からわかるとおり、すっきりさっぱりとした性格だ。

男のわりにはしっとりとした柔らかい髪をした伸之とは、見た目も気性も正反対の少年だった。

だからかえって、気が合うのかもしれない。

「ま、とにかくさ、伸はいつもどおりの伸でいるのが一番じゃないのか？　俺らになにかができるわけじゃないら？　澤木さんの代わりに言い訳しても、かえって逆効果になりそうだしさ」

「そうなんだよね。ぼくが澤木さんを庇えば庇うほど、兄さんなんか『いいかげんにしろ』って言ってくるだに。トヨもしかめっ面してくるし……。なんでずっと一緒に働いてきたのに、澤木さんのことわからんのだろう」

伸之は唇を尖らせる。この八年間、澤木がどれだけ真面目に働いてきたか、蔵のみんなだって見てきているはずだ。

それなのに、大番頭の一言であんなふうになってしまうなんて。

けれど一方で、父の死後、経営を引き継いだ兄が苦労していることもわかっている。大番頭の森永が大手酒造メーカーの人間を高水酒造に連れてきたのも、不安定な経営を安定させようとしてのことだ。

そういう状況の中で、澤木への引き抜きの話は寝耳に水のことで、みなが驚いたのもわからないでもない。

澤木はまるで、体《てい》のいいスケープゴートにされたようなものだった。不安や苛立ちを澤木にぶつけることで、それらを解消しようとしている。

伸之にはそうも思えた。

なんだか理不尽だ。

しかし、伸之が庇えば庇うだけ、みなの澤木への誹謗中傷は激しくなる。

自分はただ、澤木に寄り添うことしかできないのだろうか。

そんな自分が、伸之は歯がゆくてならなかった。

午後、湿っぽい空気を感じてふと外を見ると、空いっぱいに灰色の雲が広がっていた。

——雨が降るのかな。

もしも雨が降るのなら、澤木に迎えに来てもらえる。

教壇に立っている教師の目を盗んで窓の外を見上げながら、伸之はかすかに微笑んだ。

車ならほんの十分ばかりの道のりだが、その間は澤木と二人きりでいられる。

しかし、授業が終わった頃、伸之の携帯にかかってきた電話は、和之からのものだった。

『——もう授業は終わっただろう。迎えに来たぞ』

「兄さん……」

呟いた声には、失望がはっきりと現れていた。

それは、和之にもわかっただろう。和之のため息が携帯から聞こえてくる。

『校舎の前で待っている。早く来い』

人目を気にしてか文句が出ることはなく、用件だけを手短に言われ、携帯が切れる。

伸之の眉間に、考え込むような皺が寄っていた。

どうして兄が迎えに来たのだろう。雨の日の伸之の送迎は、澤木の役目ではなかったのか。

それとも、いよいよ伸之が澤木と接触するのを妨げることに決めたのだろうか。

しかし、なぜ？　和之だって、森永が扇動するように、澤木が高水酒造を出て行くだなんて本気で信じているわけではないだろう。

兄はそこまで物事が見えない人ではない。澤木がこの八年、真面目に勤めてきたことを、不承不承ながらも認めていたはずだ。

森永があんなことを言い出すまでは。

「どうしたのけ、伸？」

部活に向かおうとしていた友一が、考え込んでいる伸之に気づいて、声をかけてくる。

伸之はハッとした。

友一には、散々愚痴っている。これ以上、心配をかけてはいけない。

伸之は表情を改め、なんとか笑みを浮かべた。

「なんでもない。澤木さんの代わりに、兄さんが迎えに来たみたい。部活、頑張れよ」

軽い口調で言って、鞄を掴む。

「ふぅん、そっか。澤木さん、忙しいんだな」

取り成すように、友一が言ってくる。友一の心遣いがわかるだけに、伸之はしいて平気な顔で肩を竦めてみせる。

「早く行かないと、文句言われるかも。じゃあな、友一」

「ああ、また明日な」

手を振って、伸之は教室を出た。クラスメイトが次々と「またな！」と言うのに、同じように返しながら、伸之は下駄箱に向かった。

靴を履き替えて、校舎を出る。

出入り口すぐのところで、和之が傘を手に立っていた。

「――兄さん、お待たせ」

「ああ。行くぞ」

伸之の分として、もう一本持っていた傘を差し出し、和之が正門に向かって歩き出す。

伸之も傘を開いて、和之のあとについていった。

どうして澤木ではないのか。なぜ、兄が代わりなのか。

訊いてみたかったが、ここでは訊けない。

車に乗り込んでから、伸之は口を開いた。

「……兄さん、どうして今日は兄さんが来たの？　仕事、忙しいんだろ？」

「おまえの送り迎えくらい、たいしたことはない」

和之がややむすっとしながら答える。

伸之は兄の顔色を窺いながら、反論した。そうしないと、もうずっと澤木の送り迎えを受けられない気がした。

「でも、いつもだったら澤木さんが……」

「澤木にはもう頼まない」

伸之を遮って、和之がきっぱりと言う。切り捨てるような言い方に、伸之の顔色が青褪めた。どうして兄が、ここまで厳しい言い方をするのかわからなかった。

「兄さん、どうして……。なんでそんなに澤木さんはダメって言うのけ？　兄さんだって、澤木さんがうちを裏切るなんて、本気で信じているわけじゃないんだら？　だって、澤木さんは……」

「澤木はダメなんだ！」

澤木を庇って言い募ろうとした伸之を、和之は再び、強い口調で遮った。ハンドルを握る指の関節が白くなっている。苛立ちを抑えようと、きつく握っているせいだ。

「兄さん、なんで……」

一緒にいたいと思うくらい、いいではないか。ただほんの少しの時間だけ、澤木と一緒にいたいだけなのだ。

それ以上のことなんて、望んでいない。

いいや、いいや、違う。この気持ちに名前などない。幼い頃からの習慣どおり、澤木を慕っているだけだ。誰に対しても、疚《やま》しいことなどない。

ハンドルを握る和之の横顔を、伸之はじっと見上げた。

ただ一緒にいたいだけ。

それのどこが、ダメなのだ。

和之は厳しい顔をして、前方を見つめていた。いつの間にか雨脚が激しくなり、空が真っ黒に変わっている。

今朝は自転車で学校に行ったから、明日晴れても、朝は車で送ってもらわなくてはならない。

それも、兄がすると言うのか。

しばらくして、和之が口を開く。

「――もういいかげん、澤木離れしろ。おまえももう高校生だろう。澤木だって、仕事があるんだ」

「仕事……」

そう言われると、伸之は反論できない。澤木の仕事は、雨の日の伸之の送り迎えではない。澤木は職人として、高水酒造に勤めている。

わかっている。兄の言うことは正論だ。

だが――。

伸之は膝の上で、ぎゅっと拳を握りしめる。送り迎えは禁じられても、まだ夜は澤木と会える。仕事が終わってから澤木を訪ねるのは、別にかまわないはずだ。

――だって、ぼくは澤木さんが……。

言葉になりかけたものを、伸之は慌てて心の中で押し潰す。

それは、言葉にしてはいけないものだった。


母屋に伸之を送って行くと、和之はそのまま事務所に向かってしまう。

自室に向かった伸之は、憂鬱そうに雨空を見上げてため息をついた。蔵まで澤木の様子を見に行きたいが、兄に制されたように、仕事の邪魔になりはしないだろうか。

そう思うと、行動に移せない。

少し顔を見るだけ。話しかけずに、様子を陰から窺うだけ。

それならどうだろう。見つからなければ、邪魔をすることもない。

和之の強い口調が気になり、伸之はなんだか不安だった。

どうして、和之は急に、伸之が澤木と会うことに異議を唱えてきたのだ。

理由がわからないだけに、不安だった。

――やっぱり少しだけ、澤木さんを見てこよう。

仕事の邪魔はしない。物陰から、働く様子を見るだけだ。

伸之はそう決めて、部屋を出た。事務所に通じる土間に向かおうとする。

しかし、つっかけを履こうとした伸之の背後から、トヨが声をかけてきた。

「坊ちゃま、どちらに行かれるずら？　ハウス蜜柑を冷やしたのを持ってきましたよ。外は暑かったでしょうに、さあ」

人のよさそうな笑みを顔いっぱいに浮かべて、トヨがガラスの器に盛った蜜柑を見せる。

「う……うん、ありがとう」

蔵に行くのは別に悪いことではないのに、なぜか気後《きおく》れがして、伸之はトヨに頷き、部屋に戻った。

そのあとも、蔵のほうに行こうとすると、なにかとトヨが声をかけてくる。

蜜柑を食べ終わったあとは、「宿題はすんだずらか？」などと、小学生に言うようなことを訊いてくる。

「あとでやるよ」

そう言う伸之に、トヨは渋い顔を見せる。

「ちゃんとしてくれませんと、トヨが和之様に叱られるで。さ、坊ちゃま」

と、部屋から出そうとしない。

さすがに、伸之も不審に思い出した。

兄に続いて、トヨまでが、伸之が澤木に会おうとするのを邪魔しているように思えてくる。

このままでは夜も、なにかと理由をつけて、澤木の離れに行かせまいとしてくるかもしれない。

――どうしたら……。

伸之は机に向かって宿題を広げながら、額を押さえた。

どうして急に、二人してこんなことをしてくるのか、さっぱりわからなかった。

だが、会うなと邪魔をされれば、よけいに会いたくなる。同じ敷地内にいるとわかっているのだから、我慢することは難しかった。

第一、理由がわからない。

本当に邪魔をする気になっているのか試すために、伸之は夕食後、あえていつものように澤木のところに向かおうとした。

食卓から立ち上がると、すぐに和之が伸之を呼び止めてくる。

「澤木のところに行くのか？　ここのところ、毎日だろう。いいかげんにしなさい。澤木も迷惑だろう」

「そんなことはないに。澤木さんは迷惑じゃないって言ってたし」

伸之は言い返す。和之はちらりと伸之を見上げ、困ったものだと言いたげにため息を洩らした。

「おまえに訊かれて、迷惑ですだなどと答えられるわけがないだろう。もう小学生ではないのだから、それくらい気を遣え。澤木だって、仕事で疲れているんだ。夜くらい、一人になりたいだろう」

和之はもっともな正論で畳みかけてくる。

伸之は垂らした拳をぎゅっと握りしめた。そんなことはない。澤木さんは迷惑そうなそぶりは少しも見せなかった。

でも、それが大人の心遣いだとしたら？

違う。そんなことはない！

仲之は小さく首を振り、まだ食卓に座っている和之を見下ろした。

「……本当に迷惑かどうかなんて、兄さんにはわからない。澤木さんは違うって言ってたし！」

「だから……はぁ」

しようがないといったふうに、和之がため息を吐き出す。聞き分けのない子供を相手にするような態度だった。食卓の上をこつこつと叩き、仲之を見上げる。

「そんなことより、毎晩、澤木のところに遊びに行って、勉強はちゃんとしているのか？　見ていてやるから、ここに勉強道具を持ってこい」

「はぁ？　兄さん、なにを言ってるのけ？　勉強ならちゃんとやってるに。兄さんに見てもらう必要なんてない！」

そう言って、出て行こうとした仲之の手を、和之が掴んだ。

「ダメだ！　ここに持ってくる気がないのなら、わたしがおまえの部屋に行く。澤木のところには行くな」

叱責するような、きつい声だった。梃子《てこ》でも、仲之を行かせまいとする態度だった。

「なんで……」

そこまでして、どうして仲之を澤木のところに行かせまいとしているのか、まったくわからない。急にどうしたのだろうか。

仲之には納得できなかった。

だが、これでひとつわかったことがある。どういう事情かはわからないが、兄たちは、仲之と澤木を引き離そうとしている、ということだ。

——いやだ。

仲之は心の内で呟いた。

兄の言うとおりになっていたら、もしかしたらこのままずっと、澤木と離されたままになってしまうかもしれない。

ただ側にいたい。それだけの望みも奪われるなんて、仲之には耐えられなかった。ただ側にいて他愛のない話ができればそれでいいのだ。

仲之は唇を噛みしめていた。


夜も十時を過ぎるあたりになると、仲之は休む時間になる。夜更かしは体調不良の元だった。

「……おやすみなさい」

兄とトヨに見張られて夜を過ごした仲之は、気落ちした様子で二人に就寝の挨拶《あいさつ》をした。

いかにも諦めた、とぼとぼとした歩調で廊下を自室に向かう。

「おやすみ」

「おやすみなさいまし」

肩を落とした伸之にそう返し、トヨは心配そうに和之を見上げた。

和之も気難しい顔をして、弟の背中を見つめている。

「よろしいのですか、和之様」

伸之の影が消えるのを待って、トヨが問いかけてきた。

和之は渋い顔で頷く。

「いいんだ。ちょうどいい機会じゃないか。澤木には悪いが、他所から引き合いが来ているのなら、うちを出て行ってもらったほうがいい。どのみち、こんな雰囲気の悪い職場など、そのうちいやになるだろう」

「ですが、坊ちゃまは……」

しょんぼりした様子の伸之が、トヨは気にかかってならないようだった。

「伸之が問題なんだろう。なにか間違いが起こる前に、伸之を澤木から離したほうがいい」

「それは……はい」

トヨの表情も複雑だ。

伸之が澤木を憧れ以上の気持ちで慕っていることに、トヨも和之も気づいていた。

慕うというにはあまりに熱っぽい、伸之の眼差し。

何事にも、嘘をつくということを知らない伸之の態度など、共に過ごす家族にはすぐわかる。大丈夫だろうかと危惧していたところに、今回の引き抜きの話だった。一時《いっとき》はカッとなった和之だったが、冷静になると、これを利用したほうがいいのではないかと思いつく。弟の、澤木を見つめる眼差しが、和之を不安にさせていた。

引き離せるものなら、引き離したい。

伸之の身体が心配ないなら、東京の大学にでも進学させて、その間に澤木と引き離すという手も可能だった。

だが、現状の伸之の状態では、大学進学は難しい。通うにしても通学圏内の大学で、伸之の学力に見合った大学はそれほどなかったし、一人暮らしは絶対に許可できなかった。

このままでは伸之は澤木にべったりのまま、他に目を向けようともしないだろう。

だから、澤木の引き抜きの話は、和之にとって都合がいいものと言えた。

しかし、同時に、澤木がそれに応じることはないだろうことも、今はわかっている。最初に森永から聞いた時にはたしかにカッとなったが、落ち着いて考えてみれば、澤木のここを辞める気はないという言葉を疑うことはできないとわかる。

虫が好かない男ではあるが、この八年間、澤木が真面目に働いてきたことを和之は知っている。言葉には出さなくても、杜氏の山川を慕っていることはわかるし、伸之のこともまるで実の弟のように気にかけ、可愛がってくれていた。

今、高水酒造が危ないという時に、わざわざ引き抜きの話に乗って、ここを出て行くことをするような男ではない、ということを和之もわかっている。

虫が好かないということと、その人物に対する評価は別だった。

だが、問題は伸之だ。弟が、やさしいお兄さんとして以上に澤木を慕っていることに、もう少し前から和之は薄々気がついていた。

奥手の弟のことだし、相手が同性ということもあるし、まさか告白などは夢にもしないだろう。しかし、いつまでも澤木に妙な感情を持たれていては困る。

歳の離れた弟には、病弱な分、幸せになってもらいたかった。勉強もできないわけではなかったから、できれば大学にも行かせてやりたいが、弟の体調ではそれは難しいだろう。

おそらく、高校を卒業したあとは、大学は通信制ということになるかもしれない。

この土地で弟はずっと暮らしていくことになる、たぶん。

仕事は、高水酒造の仕事を手伝わせればいい。

そのうちやさしい女性を選んで、結婚もしてもらいたい。

だが、澤木がいる間は難しいかもしれない。年月は、憧れを薄れさせることもあれば、本物の想いに変化させることだってあるのだ。

そのことが、和之は不安だった。

だから、もしこの引き抜き話を澤木が受けてくれたら、和之にはそのほうがありがたい。

そのためには、行く気のない澤木をその気にさせなくてはならない。

社内での澤木の孤立を見過ごしているのは、そのためだ。

その上、伸之が澤木から離れたら、澤木だって自分がこの場所で歓迎されていないことにいやでも気づくだろう。

伸之自身は澤木を嫌っていないと思えても、和之が澤木に出て行けと言っていることは悟るはずだ。

澤木が抜けるのは痛いが、高水酒造には杜氏の山川がいる。山川さえいればなんとかなる。

幸い、高水酒造は父が亡くなってからの三年で、だいぶ売上が縮小していたから、澤木がいなくなってもまだなんとかなる。

「ふぅ……頭が痛いことばかりだ」

和之は呟いた。父が残した会社のことも、弟のことも、すべてが家長となった和之の責任だった。

額を押さえた和之に、トヨはそっと新しく淹れた茶を差し出した。


それから一時間ばかりあと。

伸之の部屋の襖が、そっと開いた。人一人分が通れるだけ開くと、中から伸之が忍び出てくる。

夜の早い高水家は、兄の和之が自室でまだ起きているくらいで、トヨはもう休んでいた。

廊下の床が軋《きし》んだ音を立てないように、伸之はそっと慎重に歩く。

母屋の裏口までそろそろと進むと、一旦背後を振り返り、伸之は静かにつっかけを履いた。

忍び足で裏口の鍵をはずし、引き戸を開ける。

外に抜け出て、慎重に引き戸を閉めた。

雨はもうやんでいる。

「……ふぅ」

深い吐息が出る。心臓がどきどきと波打っていた。

こんなふうに、家の人たちに内緒で、夜、母屋を忍び出るのは初めてだ。

けれど、こうでもしなければ澤木には会えないのだから、仕方がない。

迷惑かもしれない。

そう考えると、ツキリと胸が痛む。けれども、もし本当に迷惑であるならば、澤木の口からきちんと聞きたかった。そうしたら、伸之も諦められる。

ただ頭ごなしに澤木と会うことを邪魔されるのは、我慢できなかった。

だって、伸之は澤木が……。

いや、言葉にしてはいけない。言葉にしたら、きっともう本当に澤木には会えなくなる。会ってはいけないことになる。

自分が泣きそうな顔になっていることに、伸之は気がついていなかった。

ただ澤木に会いたくて、会って話がしたくて、それだけで伸之は満足だった。それ以上なんて望んでいない。

伸之は蒸し暑い庭をそろそろと、澤木のいる離れに向かって歩いていった。

離れが見えて、ふと空を見上げると、星が無数に瞬《またた》いていた。伸之が住む町は、田んぼの多い田舎だったから、夜になると星が綺麗に見える。都会ではまず存在のわからない天の川《あまのがわ》も、まさに川のようにはっきりと見えた。

いつも見慣れている星空なのに、なぜか胸が痛くなる。切ないほどに綺麗だと、伸之は思った。

もう澤木は眠っているだろうか。

起きているといいな。眠っているところを邪魔したら、和之の言うとおり、伸之は本当に迷惑者だ。

そう思いながら、伸之はそっと、澤木の離れの玄関を叩く。伸之が住む母屋も、澤木や山川の住む離れも、昔のままの家屋だったから、ドアなんてものではなく、ガラスの引き戸だ。

叩くと、ガラスの音がしんとした庭に響く。

しばらく待ってもなんの反応もなく、伸之はもう一度引き戸を叩いた。

やっぱり、もう眠っているのだろうか。

そう思うと自然に肩が落ち、伸之は母屋に帰ろうと、離れに背を向けかけた。

と、引き戸の奥から物音が聞こえてくる。

すぐに鍵をはずす音がして、引き戸が開いた。

「――仲之様」

驚いた顔をして、澤木が仲之を見つめてきた。

泣き笑うような顔をして、仲之は「こんばんは」と口にする。

「こんな時間にごめんね。どうしても、澤木さんに会いたかったもんで……」

「和之様やトヨさんには言ってきたのですか?」

心配そうに、澤木が訊ねる。

仲之は黙って首を振る。普通ならもう仲之は寝ている時間で、そのことを澤木も知っていた。

どこか思いつめた様子に見える仲之に、澤木もどうしたらよいか迷っているようだった。

「なにかあったのですか、仲之様」

俯いた仲之の顔を覗き込むように身を屈めて、澤木が訊いてくる。やさしい声に、仲之はなぜか泣きたくなった。

もしも自分が、最初に会った頃のような小学生だったら、すぐに澤木に抱きつけるのに。

しかし、今の仲之は高校生で、誰かに抱きつくような年齢ではなかった。

「ぼく……」

言いかけた声が震えていて、仲之は一旦言葉を切り、奥歯をきつく噛みしめる。泣くのも、縋るのも、伸之の年齢では許されないことだった。それに、そんなことをしたら、澤木に不審を抱かれる。

不審を抱かれたら、そうしたら……。

いいや、ダメだ。

その先の思考に踏み込むことを、伸之は自分に厳しく禁じた。踏み込んではいけない。気づいたらいけない。

言葉にさえしなければ、ずっと目を逸らしていられる。

小さく息を吸い込み、伸之は無理矢理いつもの笑みを浮かべようとした。

それは引きつったものにしかならなかったが、なんとか澤木を見上げる。

「……だって、今日は一度も澤木さんを見ていなかったもんで、なんか会いたくなって……。ごめんね、こんなに遅くに。もう戻る。早く寝ないと、また体調が悪くなるし。じゃあ」

明るく言って、伸之は母屋に戻ろうとした。これ以上澤木の側にいたら、自分がなにを思い、なにを口にしてしまうのか、わからない気がした。

あんなに澤木に会いたかったのに、いざ会うと部屋に帰りたくなるなんて、どうかしている。

そう思いながら、伸之は澤木に背を向けた。

その肩に、澤木の手がかかった。

「待ってください。大丈夫ですか？　なにかあったのではありませんか？」

肩に触れてきた手の熱さに、伸之はびくりと立ち止まる。触れられた肩から、澤木の熱が全身に広がっていくような気がした。

——熱い……。

呼吸するたびに吐き出される息が、妙に熱っぽく感じられた。心臓がどきどきする。

「坊ちゃま?」

前に回った澤木が、気遣うように伸之の顔を覗き込んでくる。

とたんに、伸之の頬が赤く染まった。身体が火照って、汗が滲み出てくる。息が苦しくて、深呼吸をしたくなる。

「さ、澤木さん……」

「坊ちゃま、熱が?」

「……ぁ」

澤木の手が、伸之の額に触れる。熱を測るだけの意味しかない行為なのに、目眩《めまい》がしたみたいに、身体がぐらりと傾ぐ気がした。

事実、伸之は倒れそうになった。

「坊ちゃま!」

澤木が慌てて、伸之の身体を抱きとめる。まるで、抱きしめられるような格好になった。

——どうしよう……。

なにかが、自分の内側から殻を破って飛び出てくるような、そんな気がした。

――ダメ……ダメ……ダメ……。

生まれたらいけない。出てきてはいけない。許したら、伸之はもう澤木の側にいられなくなる。

それなのに、伸之は喘《あえ》ぐように唇を震わせながら、澤木を見上げていた。

心配そうに、伸之を見つめている澤木が見える。

その向こうに、降るような星空。

まん丸の月。

きらめく天の川。

幻のようにひとつだけ落ちる流れ星。

甘い、花の匂い――。

「……澤木さん」

伸之は震える声で呟いた。

この人が好きだ、と思った。

慎重に覆っていた殻が破れ、そこから溢れ出る想いが、伸之の全身に広がっていく。

なにもかもが、言葉にせずにはいられなかった。

「澤木さんが……す」

しかし。

「いけません、坊ちゃま。それ以上は、言ってはなりません」

言いかけた唇を、澤木の大きな手が塞いだ。伸之の口を塞ぎ、澤木が苦しげな顔をして、伸之を見下ろしていた。

「いけません」

「……うぅ」

でも、と伸之は言ったつもりだったが、塞がれているせいで言葉にならない。

「――いけません」

もう一度、澤木が絞り出すような声で言った。

言葉は、とうとう外に出ることを許されなかった。

――息が止まるかと思った。

今も、思い出すだけで呼吸をするのが苦しくなる。

いけない、と宗吾は自制した。

まるで、この世に自分たち二人しかいなかったようなあの束の間の夜は明け、今は昼間だ。仕事に集中するべきだった。

宗吾は瓶詰めも終わり、酒粕も取ったタンクのひび割れの有無をチェックしていた。もし、ほんのわずかのひび割れでもあれば、そこから雑菌が入り込み、造った酒が変色してしまう。まるまるひとつのタンク分の日本酒を捨てざるを得なくなるため、ひび割れのチェックは重要な仕事だった。

宗吾はタンクに意識を集中させた。

伸之は今朝、和之の車で登校していた。昨夕の雨で、自転車を学校に置きっぱなしにしていたから仕方がない。

だが、今までであれば、伸之の送り迎えは宗吾の役目であった。

――おめえ、自分の立場ってのわかってるだろうな。

十日ばかり前に、山川が言ってきた言葉が脳裏に蘇る。

もちろん、宗吾にもわかっている。自分と伸之では、立場が違いすぎた。若い頃に悪さばかりしていた一介の職人と、勤め先の坊ちゃま。

おまけに、男同士だ。

端《はな》から許されることではない。わかっている。

けれど、昨夜の伸之は――。

「くそ……」

思わず呻《うめ》き、宗吾は拳を額に押し当てた。

――澤木さんが……す。

切なげな、苦しげな伸之の声が、姿が、鮮やかに浮かび上がる。いけないと止めなければ、最後まで言葉にされてしまったなら、宗吾は自分を止める自信がなかった。

あの、か細い身体を抱きしめて、そして。

いいや、いけない。許されないことだ。

自分の想いだけで突っ走るには、宗吾にとって伸之はあまりに大切な存在だった。

一心に自分を見つめて、引き止めてくれた子供。

常に可愛らしい声で宗吾の名を呼んでくれた少年。

愛しくて、大切で、弟のようで。

そう思っていたはずなのに、いつの間にか弟から、もっと近く、もっと大切な存在に変わってしまっていた。

その髪に触れ、そっと抱きしめたいと、何度思ったことだろう。

だが、大切だからこそ、自分との関係になど引きずり込めない。立場が違うだけでなく、自分たちは男同士なのだ。身内からも、世間の誰からも、けして認められない関係だ。

あの、愛すべき少年を、そんな世界に引きずり込みたくはなかった。伸之には、愛される世界だけが似合っている。

それなのに、昨夜の伸之に、宗吾はあやうく理性を持っていかれるところだった。

思いつめたような伸之の表情も気になる。

伸之の送り迎えから宗吾がはずされたのも、おそらく弟の想いを危ういと見た和之の判断だろうと思えた。

自分は、このまま高水酒造にいてもいいのだろうか。

ふと、そんな疑念が湧き上がる。

伸之の想いを受け止める気は、宗吾にはない。これが伸之のためにならないとわかっているからだ。

だが、伸之の想いは素直な気性なだけに真っ直ぐで、近くで見ている和之たちにもいかにも危うく見えるだろう。

宗吾の想いはまだ和之たちには悟られていないと山川は言っていたが、あんなふうに真っ直ぐな感情をぶつけられ続けたら、いつまで自分が耐えられるか、宗吾自身にも自信がなかった。

もしも、間違いを犯してしまったら……。

それこそ、取り返しがつかない事態になる。

自分は、ここにいてはいけないのかもしれない。誰よりも、伸之のために——。

握りしめた拳が震えた。

どこにいても居場所がなかった宗吾を、初めて受け入れてくれたのは、伸之の父、裕昭だった。

それでもいられなくて、飛び出そうとした宗吾を必死で引き止めてくれたのは、伸之だった。

引き止めて、ここにいてもいいのだと懸命に居場所を作ってくれた小さな手。

その手を取ることができたなら、自分はどれだけ幸せだろう。

だが、伸之の手を取るということは、大恩ある亡き裕昭を裏切り、伸之自身をも苦しめることになるということだ。誰一人喜ばない関係に、伸之はいずれ心傷つき、疲れきり、宗吾の愛したあの屈託のない笑顔を失《な》くしていくだろう。

そんな未来は、宗吾には耐えられない。失いたくないものは唯ひとつ。自身の居場所でも、幸福でもなかった。

伸之がいつまでも伸びやかに笑っていられるように。

そのためなら、宗吾はなにを失ってもかまわないと思えた。

そう。一番大事なものは、数年前からもうたったひとつしかなかったのだから。

宗吾はなにかを決意するように、一点を見つめていた。


「——ただいま」

自転車を押して、庭の一角に停め、伸之は母屋に入った。もうすぐ夏休みだ。連日、気温が上昇し、伸之は真っ赤な顔をして台所に顔を覗かせる。

「まあまあ、坊ちゃま。さ、麦茶をどうぞ」

トヨがいそいそと冷蔵庫から麦茶を出し、さらに団扇《うちわ》で伸之を扇いでくれる。

「坊ちゃま、そろそろ自転車はやめたほうがいいずら。和之様に送り迎えしていただいてはどうですか?」

「送り迎えなら兄さんじゃなくても、澤木さんにお願いすればいいじゃないか。いつもそうしてたんだで」

また和之だ。どうしてトヨまで澤木を避けさせようとするのだろう。

伸之はつい眉間に皺を寄せて、トヨを見やる。またトヨに止められるだろうか、と伸之は身構えた。

しかし、トヨは小さくため息をつき、どこか心配そうに伸之を見つめていた。

それに気がつき、伸之はかすかに首を傾げる。トヨがなにを心配しているのか、わからなかった。

トヨが、意を決したように口を開く。

「坊ちゃま、澤木はもう坊ちゃまの送り迎えはできません」

「……どうして？　兄さんがそう言ったのけ？」

「いいえ……」

トヨがわずかに眼差しを落とす。それから、ため息をついて、顔を上げた。

「澤木は、ここを辞めることになったずら」

「……え？」

なにを言われたのか掴めず、伸之は目を見開いてトヨを見つめた。

——澤木さんが……なに？

辞める、とトヨは言ったのだろうか。そんな馬鹿な！

伸之は音を立てて、麦茶の入ったグラスをテーブルに置いた。勢いで、中の麦茶がテーブルに少しだけ跳ねて零《こぼ》れる。しかし、そんなことはどうでもよかった。

「澤木さんが辞めるって……嘘だら？」

伸之はトヨの肩を掴んで、詰め寄った。澤木が辞めるわけがない。澤木は辞めないと、以前言っていた。大番頭の森永がどんなにあおっても、そのせいで蔵のみなから白い目で見られても、澤木は辞めることはないと言っていたではないか。

それなのに、どうして今になって辞めるなどということになるのだ。

伸之は居ても立ってもいられなくなった。

「……澤木さんに確かめてくるっ！」

台所を飛び出し、蔵に向かおうとする。

その手を、トヨが引き止めた。

「お待ちください、坊ちゃま！　行ってはいけません」

「なんで⁉　理由を聞かなきゃ！　澤木さんが辞めるだなんて……っ」

信じられなかった。昨日、もう少しで澤木に告白するところだったのだ。それなのに、今日には澤木が辞めることになるだなんて。

と、そこまで考えて、伸之はハッとした。まさか、昨日のことが原因で？

いいや、そんなまさか。だって、あれから澤木は——。

澤木は、告白する寸前だった伸之の口を塞ぎ、そのままずっと伸之を抱きとめていた。澤木の身体も、伸之の身体も、体温が上がって熱かった。それでも、澤木は伸之を突き飛ばすこともせず、ただじっと口を塞いで抱きとめた格好のままだった。

「——もう……お帰りください」

やっと澤木がそう言ったのは、それからどれくらい経った頃だろうか。ずいぶん長い時間、澤木と伸之は見つめ合っていたように思う。

絞り出すような澤木の声。熱い手。

背中を押されて振り返ると、澤木は熱を帯びた切なげな眼差しで、伸之を見つめていた。

心が、あの一瞬、触れ合ったような気がした。

あれは伸之の気のせいだったのだろうか。気のせいで、澤木はあんな目で伸之を見つめていたのだろうか。

いいや、いいや、そんなことは……。

けれど、伸之の心の奥がひんやりとする。伸之に告白されたからといって、澤木にどんな答えが返せるだろうか、と。

伸之の足から、ふらふらと力が抜ける。

伸之に「好きだ」と告白されたとして、澤木に答えが返せるはずがない。伸之も澤木も男同士で、とてもまともな恋愛には発展できない。

それに、澤木にとって伸之は、雇われている会社の息子だ。好きでも嫌いでも、返答など返せるわけがなかった。

そういうことがわかっているから、自分は自分の中の想いを言葉にしなかったのではなかったのか?

言葉にしてはいけないと、戒《いまし》めてきたのではなかったのか。

脱力したように、伸之は椅子に座り込んだ。

澤木が辞めると言ったのなら、それは自分のせいだ。自分が迂闊《うかつ》なことを口にしようとしたから、だから、澤木はここを出て行こうとしているのだ。

どうして黙っていられなかったのだろう。なぜ、口から零れ落ちそうになってしまったのだろう。

「澤木さん……っ」

伸之は両手で顔を覆った。泣きたいような心持ちなのに、あまりにショックが大きすぎて涙が出ない。

椅子に座って身を丸めている伸之を、トヨが心配そうに見つめていた。

すべてのタンクの清掃、修理と、蔵の片づけがすむまでは高水酒造にいる。しかし、それ以降は別の蔵に移る。

それが、和之と話し合っての、宗吾が辞めるまでの話だった。

学校から帰ってきた夕方には、伸之が飛び込んでくるかと思ったが、一日の仕事が終わったあとも、伸之の姿は見えない。和之か、トヨにでも引き止められているのかもしれない。

宗吾はきゅっと唇を引き結んだ。もっとよく考えてから和之に申し出るべきだったのかもしれないが、退職する決意に後悔はなかった。

仲之の想いが痛いほどに伝わってきた昨日の夜――。

そこから、宗吾は逃げるのだ。これ以上、仲之の側にいたら、自分の理性がどれだけ保てるか自信がない。

だから、逃げる。

宗吾がいなくなってしばらくすれば、仲之も宗吾への想いは薄れていくだろう。数年も経てば――あるいは、数年も経たずに――別の誰かに恋することだってある。

仲之のあれは、思春期の気の迷いだ。宗吾が側にいなくなれば、きっと冷める。

ため息をひとつついて、宗吾は高水家の離れにある自分の住まいに向かった。

その足が、ふと止まった。玄関に、人影があった。

仲之だった。仲之は思いつめた顔をして、宗吾を見つめていた。

宗吾はその脇を無言ですり抜け、玄関の鍵を開ける。引き戸を開き、仲之を見ないまま、中に入ろうとした。

「……待って！」

仲之が必死の面持ちで、宗吾の腕を掴む。宗吾は仲之から顔を背けたまま、その手をどかす。

二人だけで会うのは危険だと思った。

だが、仲之は引き下がらない。

「ぼくのせいなの？　そうだよね？　ぼくがあんなこと言おうとしたから、だから、澤木さんは……」

泣きそうな声で訴えてくる。すぐに振り返って、慰めたくなるような声だった。

それをグッとこらえて、澤木は伸之に背を向けたまま呻くように言った。

「お帰りください、坊ちゃま。ここは、坊ちゃまが来るところではありません」

「でも、ぼくは……っ」

「お帰りください！　――二週間後に、ここを出ます。今まで、ありがとうございました」

それだけ言って、宗吾は引き戸を閉めた。

「澤木さん、待って……！」

外で、伸之が引き戸を叩く。しかし、宗吾はしっかりと引き戸を閉め、鍵をかけた。振り切るのが、年長者としての務めだと思った。

二週間後には、澤木は行ってしまう。

「澤木さん……」

伸之は力なく呟いた。側にいることすらも、もう許されない。

すべて、伸之が考えなしの行動をしてしまったせいだ。

閉じられたまま、けして開かない引き戸を見つめて、伸之はがっくりと肩を落とした。なんとか考え直してほしいのに、訴えることもできない。このまま、澤木を見送ることしかできないのだろうか。

それから、十分、二十分——。どれくらい澤木の離れの前で立っていたのだろうか。

気がつくと、周囲が薄暗くなっていた。

伸之はとぼとぼと母屋に戻る。

裏口の引き戸を開けると、和之が土間の上がり框《かまち》に腰を下ろしていた。

「兄さん……」

「澤木のところか、伸之」

そう言って、和之はため息をついた。伸之の行動など、先刻承知のようだった。

「澤木はなんと言っていた」

「……二週間後にここを出て行くって。それだけ」

「そうか」

和之が立ち上がり、伸之の側に来る。くしゃりと髪を撫でた手は、澤木のものほど大きくないが、大人の男の手だった。

「——澤木のことは諦めろ。あいつも困ってる。……わからないほど子供じゃないだろう、伸之」

渋い顔をして、和之が伸之の顔を覗き込んでくる。なにもかもを承知している顔を、和之はしていた。

それで、和之も伸之の想いを知っているのだとわかった。

自分は馬鹿だ、と伸之は思った。兄にまで気づかれて——いや、気づいたからこそ、あんなに執拗に伸之を澤木から離そうとしてきたのだ。

それなのに、引き離されることでカッとなり、自分自身で澤木を追いやるようなことをするなんて。

伸之は唇を噛みしめた。

「兄さん……知ってたんだ。ぼくが澤木さんを……」

「言うな。聞きたくない。自分の弟が男を……だなんて。普通じゃないのはわかっているよな？だから、澤木もここを出て行くんだ。黙って見送れ、伸之。それが澤木のためだ」

諭すように、和之が言う。

本当にダメなのか。もう澤木を引き止められないのか。

伸之は願いをかけて、和之を見上げた。澤木が必要だった。澤木がいなくては、伸之は——伸之の心は生きていられない。

「兄さん……想うだけ……。心で澤木さんを想うだけだから……どうにかなってほしいなんて思わないから、だから、澤木さんを辞めさせないで。お願い……お願いします」

「わたしから辞めろと言ったわけじゃない。あいつのほうから、辞めたいと言ってきたんだ。引き止める筋合いはない」

そっけなく答える和之に、伸之は縋りついた。どんなことをしてでも、澤木の側にいたかった。

「兄さんがダメだって言うなら、もう澤木さんには話しかけない！　会いにもいかない！　学校への送り迎えだって、もう澤木さんには頼まない！　だから……だから」

「ダメだ！　もう決まったことだ。わがままを言うな、伸之」

「わがままなんかじゃ……！」

「わがままだろう!!　澤木のほうから辞めたいと言ってきたんだぞ！　おまえのことが迷惑だから、澤木のほうから逃げ出したんだ！　引き止められるわけがないだろう！」

怒鳴られ、伸之は呆然と兄を見上げる。

「迷惑……」

呟いた伸之に、和之が吐き捨てる。

「迷惑に決まっている。おまえも澤木も男なんだぞ。男に好かれて、澤木が嬉しいわけがないだろう！　いいかげんにわがままを言うな！　——さあ、もう部屋に戻れ。澤木のことは忘れろ」

腕を強く掴まれ、家の中に上がるように引っ張られる。

伸之は呆然としたまま、兄に腕を引かれて自室に連れて行かれた。

部屋に入ると、和之が伸之の両肩を掴み、言う。

「トヨが風呂の用意をしてくれてある。汗を流して、今日はもう寝ろ。いいな、伸之」

強い、兄の声。

それがぼんやりと伸之には聞こえる。

——迷惑。

——逃げ出した。

その言葉だけが、頭の中で何度も繰り返される。

——男に好かれて、嬉しいわけがない。

がくり、と伸之の膝がくずおれた。和之の言うことは、正論だった。

澤木を想う気持はどんな気持ちよりも純粋なものだったが、けして許されない感情だった。

澤木は男で、伸之も男——。

大好きな人は伸之の掌《てのひら》をすり抜け、遠くに逃げていってしまう。捕まえられない。

想いを告げることすら許してもらえなかった。

澤木は、いなくなるのだ。伸之の前からずっと。

「ふ……ん、ふ……っく」

嗚咽《おえつ》が、喉の奥から溢れ出した。澤木はもう伸之の側にはいない。ずっといない。永遠に失われてしまう。

——澤木さん……好き……大好き……。

心の中で、伸之は何度も「好き」と呟いた。心の中でしか許されない言葉だった。

両目が溶けるほどに、伸之は泣き続けた。

§第五章

それからの二週間、伸之は時折見かける澤木をそっと目で追うだけで、日々を過ごしていた。話しかけたいけれど、話しかけることができない。兄の言うとおり、澤木が自分を迷惑だと思っているのなら、今までのように纏わりつかれることは喜ばないだろうと思え、伸之は澤木に近づくこともできなかった。

本当は何度でも、澤木に行かないでと頼みたい。もうあんな馬鹿な真似はしないから、今までのようにただの弟のようなポジションで満足するから、どこにも行かないでほしい。

そう言いたかったが、言うチャンスすらなかった。

いや、言ったところでいまさらなのだろう、きっと。時間は引き戻せない。伸之が口にしかけた言葉も、澤木がそれに口を塞いだのも、もう消すことはできなかった。

従業員の間でも、澤木の評判は地に落ちていた。

——やっぱり金に目が眩んだんだな。

——地元の人間のくせに、高水酒造を見限ったんだ。

などなど、会社の先行きに対する不安もあってか、澤木に対する風当たりがいっそう厳しい二週間だった。

真実を知っているのは、自分と兄だけだ。それと、トヨか。

澤木は高水酒造を裏切ったわけじゃない。

伸之は何度、そう言いたかったことだろうか。

しかし、それを口にすれば、ならばどうして澤木はここを辞めるのかと訊かれるだろう。

それに対する答えを、伸之は言うわけにはいかなかった。

さすがの伸之も、迂闊に口にすればみながどう判断するかくらいの見当はつく。

誰も、伸之を非難しようとはしないだろう。伸之は高水家の子息で、だから、誰も非難しない。非難されるとしたら、澤木のほうだった。伸之を誑《たぶら》かしたなどと言われて、今よりももっとここに居辛くなるに決まっている。

きっとそうなるだろうと見当がついたから、伸之はいっそう、なにも口にすることができなかった。

――澤木さんが……好き。

それなのに、いや、だからこそ、今の澤木を引き止めることができない。

引き止めたいのに、許されない。もしかしたら、澤木自身からも許してもらえないのかもしれない。

そんなふうに思い悩むうちに、二週間が過ぎていった。

二週間後、

「――長い間、お世話になりました」

そう言って、澤木がみなに頭を下げているのを、伸之は事務所と母屋を繋ぐ渡り廊下の陰から覗き見ていた。

澤木はたぶん、伸之に挨拶をしには来ない。そんな気がしていたから、これが澤木を垣間見れる最後だと思った。

「今までご苦労だった。これは少ないが、退職金だ」

従業員たちがなんとなく澤木から顔を背けたり、不機嫌そうな顔をしている中、和之が澤木に封筒を渡す。

「いいえ、自分の勝手で辞めるので……」

拒もうとする澤木に、和之が強引に封筒を握らせる。

「退職金は当然の権利だ。最後に渡せるように積み立ててもあるんだ。持っていけ」

怒ったような口調だ。和之が怒っているのは、澤木に対してだろうか。それとも、馬鹿なことを言い出して、澤木を出て行かせてしまう伸之に対してだろうか。

伸之にはわからなかった。

強引に退職金の入った封筒を握らせてくる和之に、澤木が黙って頭を下げる。いつものとおり口数の少ない顔には、実直そうな渋い表情が浮かんでいた。

と、わずかに澤木の視線が上がり、事務所と母屋への渡り廊下を仕切るガラス戸に眼差しが向けられる。

仲之はハッとした。ほんの一瞬、澤木と仲之の視線が合った。

――澤木さん……！

声に出さず、仲之は澤木の名を呟く。もうこれが最後かと思うと、いつまでも澤木を見つめていたかった。

だが、目が合ったかと思うとすぐに、澤木が視線を逸らした。

「……っ」

ズキリ、と仲之の胸が痛む。拒むように逸らされた眼差しに、仲之は自分の軽はずみな行動が今の事態を招いたのだと思い知らされる。

仲之があんなことを言おうとしなければ、澤木はまだずっと高水酒造にいてくれたのだ。

タイミングも悪かった。高水酒造が一番苦しい時に、まるで裏切るように澤木を辞めさせてしまうなんて。

しらけた雰囲気で、従業員たちが事務所を出て行く。送別会だって、澤木のためには開かれないだろうと思われた。

八年間、澤木は真面目に勤めてくれていたのに、こんな最後を迎えさせる羽目になったのは仲之のせいだ。

視線の先で、山川がなにか励ますように澤木の肩を叩いている。

和之はもう用はすんだとばかりに、社長室に戻ってしまった。

小さなボストンバッグを掴み、澤木が山川と共に事務所を出て行く。

——澤木さん……澤木さん……っ！

思わず呼びかけそうになった唇を、伸之は必死で押さえて封じた。追いかけて、ごめんなさいと言いたかった。

せめてそれだけ、言うのは許されないだろうか。

事務所を出た澤木の背中が遠ざかっていく。

このままでは行ってしまう——。

耐え切れず、伸之は澤木を追いかけようとした。

渡り廊下から庭に出て、そのまま玄関に向かおうとする。

その目の端に、社長室の窓から伸之を見ている和之の姿が映った。

伸之はハッとする。

「兄さん……」

和之は窓を開けて、伸之を制止しようとはしてこなかった。代わりに、じっと伸之を睨《ね》めつけている。

行くな、と無言で止められているような気がした。行って、また軽はずみな真似をするつもりなのかと言っている気がした。

仲之の足が惑い、そして、止まった。この位置からでは澤木を見送ることもできない。けれど、それ以上足が動かない。

——男に好かれて、澤木が嬉しいわけがないだろう！

二週間前の兄の言葉が、頭の中でガンガンと響く。

澤木を追いつめたのは自分。

ここにいられなくさせたのも自分。

鼻の奥がツンとした。視界がぼやけて、仲之は自分が泣いているとわかった。

涙がぽたりぽたりと地面に落ちて、黒い染みをつける。だが、八月に入り、連日猛暑を記録している気温が、すぐに涙の跡を乾かしていく。

「……っく……っん」

しゃくり上げそうになる声を、仲之は歯を食いしばってこらえようとした。

自分には泣く権利なんてない。

仲之などに好かれても、澤木には迷惑にしかならない。

迷惑なのだ。

頬に落ちる涙を、仲之はグイと拭った。泣いている姿を、これ以上和之に見られたくないと思った。

踵を返し、母屋に戻る。部屋に閉じこもって、一人になりたかった。

澤木はもう、いないのだ。

縋るようなあの瞳を、一生忘れられなくなりそうだ。

高水酒造の門前でもう一度山川に頭を下げながら、宗吾はほろ苦くそう思った。

これでもう最後なのだから、もっときちんと別れの挨拶をしたかった。目を合わせたまま微笑みかけることができたなら、それだけでも最後の挨拶になったかもしれない。

だが、澤木にはできなかった。薄情な奴だと、伸之には自分のことを忘れてほしかった。

一時《いっとき》の気の迷いのために、大事な伸之に道を踏みはずしてほしくない。

宗吾への想いは、若気の過《あやま》ちなのだ。それを利用して、自分の想いを告げてはならない。それが、大人の分別というものだった。

「助けになってやれなくて悪かったな、澤木」

山川が渋い顔で頭を下げてくる。

宗吾は慌てて、山川の肩を掴んで顔を上げてもらった。

「やめてください、親方。勝手をするのは自分のほうです。こんな形で辞めることになって……申し訳ありませんでした。それなのにこんな……」

ジーンズのポケットに入れた紙片を、宗吾は取り出した。そこには、山川が紹介してくれた酒蔵の所在地が書かれている。

宗吾には、引き抜きのあった酒蔵に行くつもりはなかった。どこか別の場所で、一からやり直すつもりだった。

それを、山川が伝《つて》を辿って、新しい酒蔵を紹介してくれたのだ。

「いいんだ。おめえがどこに行ったかわかっているほうが、オレも安心だで」

山川が首を振る。山川らしい、ぶっきらぼうな口ぶりだった。

宗吾はもう一度、頭を下げる。この人に仕込まれて、自分は一人前の職人となることができたのだ。

亡くなった先代の裕昭、杜氏の山川、そして、伸之。

彼ら三人のおかげで、宗吾は立ち直ることができた。彼らがいなければ、自分は今頃、どんな人生を送っていたかわからない。たぶん、職を転々として、挙げ句には人には言えない商売に手をつけていたかもしれない。

それを拾い上げてくれた裕昭。

手に職をつけてくれた山川。

そして、暖かな居場所を与えてくれた伸之――。

伸之のことを思った時、宗吾の胸がぎゅっと苦しくなる。小さな手で懸命に宗吾にしがみついてきた幼い頃。それからずっと、一途に宗吾を見つめてくれた少年へと成長していった伸之を、抱きしめたいと思っていたのは宗吾のほうだった。

だが、それが許されないことだとわかっている。

たとえ、仲之自身から求められることがあったとしても。

宗吾はぐっと奥歯を噛みしめ、山川に頷いた。自分の立場はちゃんと心得ていた。

けれど、最後にひとつだけ——。

断られるかもしれない。そう思いながら、宗吾はシャツの胸ポケットから、ティッシュで包んだものを取り出した。

「親方、これを……」

「なんだ?」

首を傾げる山川に、宗吾は包んだティッシュを開けた。

「……こりゃあ、なんの細工だ?」

「栞《しおり》です。木工所で檜《ひのき》の木切れをもらってきて、自分で薄く細工をしました。これを……時期を見計らって親方から坊ちゃまに渡してもらえませんか? その……スーパー林道の土産物屋で売っていたとかなんとか言って」

スーパー林道は天竜の東雲名《ひがしうんな》から水窪《みさくぼ》ダムにかけて作られた道路だ。ドライブコースとして利用されることも多いため、ところどころに観光スポットや土産物屋などがある。

山川の趣味は山歩きだったから、その行き帰りにスーパー林道を利用することはなくもない。

そこでの土産として、伸之に渡してほしいと宗吾は頼んだ。自分からだとわかれば障《さわ》りがある。だから、宗吾からだと知れないままに、別れの品を伸之になんとかして渡したかった。

そんな宗吾の思いがわかったのだろう。山川は重いため息を吐き出しながら、宗吾の差し出した栞を受け取ってくれた。

「――わかった。オレからの土産だと言っていいんだな?」

「はい。お願いします」

頼む宗吾に、山川が渋い顔で頷く。

「折を見て、坊ちゃまに渡しておくずら」

「ありがとうございます」

宗吾は深く頭を下げた。自分からは渡せない。けれど、これで伸之の側に自分が作った物を置いてもらえる。身体の弱い伸之はその分読書が好きだから、その読書の時にでも使ってもらえたら、自分も側にいられるような気持ちになれる。

それだけで、宗吾は十分だった。

山川には迷惑ばかりかけてしまう。そのことを申し訳なく思いつつ、宗吾は別れの言葉を口にした。もう行かなくてはならない。

「……それじゃあ、お世話になりました」

「ああ。身体に気をつけてな」

短い別れの言葉を最後に、宗吾はバス停に向かって歩き出した。

伸之が幼い頃に憧れたバイクは、とうの昔に売り払っていた。伸之にはやはり危ないと、いつしか思った頃にそうしていた。

『えーっ、かっこよかったのに』

そう言って、唇を尖らせた伸之の可愛らしさを宗吾は思い出す。伸之はなぜか、宗吾のすることをなんでも格好いいと思っていたようで、水鳥の雛《ひな》のように宗吾のあとをついて回っていた。

もう、伸之ともお別れだ。

バス停へと通じる角を曲がる時、宗吾はつい背後を振り返った。高水酒造の門前にいるのは、山川だけだ。伸之はいない。

自分で伸之を追い払っておきながら、それを寂しいと宗吾は感じた。

——勝手だな。

苦笑をしながら、最後にもう一度、山川に頭を下げる。

そうしてから、宗吾は角を曲がった。

「……すまねえな、澤木」

山川の呟きを聞く者は、誰もいなかった。

伸之はとぼとぼと自室に戻ろうとした。涙を何度も拭うが、あとからあとから溢れてくる。鼻の頭は真っ赤になっていた。

澤木にはもう会えない。たぶん、もう二度と。

諦めるのが、澤木のためだ。

伸之は自分にそう言い聞かせ、自室に逃げ込もうとした。しばらく、誰にも会いたくなかった。

けれど……。

「……もう会えない」

笑いかけてもらうことも、一緒にテレビを見たり、おやつを食べたり、時には少し離れた場所にある大型のショッピングセンターに連れて行ってもらったり、そんなこともう二度とないのだ。

二度と──。

畳に膝をつきかけた伸之の身体が、ぎくりと止まる。

もう二度と会えないのに、せめて最後まで見送ることくらいできないのか。

声をかけたいわけじゃない。別れを惜しみたいわけでもない。

ただ、物陰からそっと、最後の最後まで澤木を見送るだけ。

せめてそれだけ。

それ以上の贅沢《ぜいたく》は望んでいない。

仲之は弾かれたように立ち上がった。

会わない。会うつもりはない。けれど、最後まで見送りたい。

これが最後なのに、泣いて諦めるなんてやっぱりできない。

声はかけない。ただ見送るだけ——。

ぐいと涙を拭い、仲之は自室を飛び出した。

表から行けば、また兄に制されるかもしれないから、裏口から母屋を飛び出て、高水酒造の門に向かった。門の陰から、澤木を見送るのだ。

「はぁ……はぁ……はぁ……」

息を切らせて、仲之は門まで走った。そして、澤木を……。

「……いない」

門に佇《たたず》んでいるのは、山川だけだ。

澤木はもう行ってしまった?

仲之がぐずぐずしている間に、澤木は行ってしまったのだ。

「そんな……」

口にしかけて、仲之ははっとする。澤木はバスで町まで向かうはずだ。まだ、バス停に立つ澤木を見送れるかもしれない。

仲之は門から外に走り出た。

いきなり走り出てきた伸之を、山川が慌てた様子で呼び止める。

「伸之様！　いけません！」

「山川さんっ、放して！」

腕を掴み取られ、伸之は振り払おうと身じろいだ。なにかしたいわけではない。ただ、バス停に立っているであろう澤木を、道の角から見送りたいだけだ。

「坊ちゃま！」

「澤木さんには会わない。ただちょっと見送りたいだけ。放し……あ！」

バスが、伸之の視線の先の十字路を通り過ぎていく。その先は、澤木がいるはずのバス停だ。

澤木が行ってしまう！

伸之は山川を振り切り、駆け出す。だが、十字路までは百メートルはあり、伸之がバス停のある角まで走りついた時にはもう、バスは澤木を乗せて、停留所を発車していた。

「澤木さん……」

澤木はきっとここから伸之が見ていることを知らないだろう。

走り出すバスを、伸之は呆然として見送るしかなかった。

これでもう、澤木とはお別れなのだ。

遮るもののない田んぼと数件の民家、少し離れた山陰の中を、バスはのんびりと走り去っていく。

遠くにバスが消えるまで、伸之はじっと見つめていた。

ふと気がつくと、山川が側にいた。

「——行きましょう、坊ちゃん」

山川が静かにかけてくる声に、伸之はなかなか頷けない。

しばらくじっとバスが消えた方向を見つめてから、ようやく山川に顔を向けた。

「うん……」

返事をして、しょんぼりと眼差しを地面に落とす。その目の端に、なにかが映った。

伸之の視線が上がる。山川の手に握られているもの——。

「それ……なに？」

「え……あっ」

山川が慌てて、手に持ったものを隠そうとする。しかし、すでに遅く、伸之にしっかりと見られていた。

「山川さん、それ……！」

隠そうとする山川の手を、伸之は急いで掴む。山川の手には不似合いな、綺麗な透かし彫りをされた栞があった。檜でできた、川の流れに魚が泳いでいる柄の栞だ。

どうして山川がそんなものを持っているのだ。

急に伸之の心臓がどきどきする。

「その……栞……」

山川は本など読まない。もし読むとしても、本に挟むのに栞など使わない。そこらにある適当な紙を挟んだりするくらいだ。

それなのに、薄い檜で作られた栞を持っているのは――。

山川が黙って握っている栞を、伸之はそっと掴んだ。

「これ……」

もの問いたげに見つめる伸之から、山川が困ったように目を背けるのが見えた。

勝手に、伸之の口が開く。

「……澤木さん？」

瞬間、山川の眉間に険しい皺が刻まれる。

それだけで、伸之には十分だった。山川が手にしている栞は、澤木が伸之のために作った栞なのだ。

「山川さん、これ、澤木さんが……」

「坊ちゃま、違うずら。これは……その……」

山川が困ったように、渋い顔になる。その態度こそが、伸之に答えを教えてくれているようなものだった。

山川の手をギュッと握り、そっと栞を抜き取る。川と魚。たぶん、鮎だ。毎年、夏になって鮎釣りが解禁になると、澤木は伸之を連れて行ってくれた。

今は夏。本当だったら、今年も鮎釣りに連れて行ってくれたはずだ。

代わりに、澤木はこれを伸之に残してくれたのだ、と思えた。

「澤木さん……」

伸之は栞をそっと握りしめる。抱きしめるように胸で栞を握りしめる伸之に、山川が諦めたようなため息をつくのが聞こえた。

「……坊ちゃま、それは澤木が坊ちゃまにと作ったものずら。ですが、自分からとは言わないでくれと、言い残していったずら。だもんで、坊ちゃまも澤木の意を酌《く》んで、どうか澤木のことはこのまま、諦めてやってください」

「自分からとは言わないで……?」

「はい。オレの山歩きの土産とでも言ってくれと……。そんな嘘までオレにつかせて、あいつは坊ちゃまになにか贈りたかったんでしょう」

しんみりと、山川が言う。

嘘をついてまで、この栞を伸之に渡してくれと言った澤木。

伸之の心臓がどきりとした。嘘をついてまで――。

「……追いかけなくちゃ」

「え……坊ちゃま?」

仲之ははっきりと顔を上げる。

「追いかけなくちゃ。――ぼく、澤木さんを追いかける」

きっぱりと言い、仲之は家に向かって走り出した。

いきなり走り出した仲之を、山川が慌てて追いかける。しかし、七十歳近い山川に、いくら身体が弱いといっても十代の仲之を追いかけるのは無理だった。見る見る差が開いていく。

「待って！　お待ちください、坊ちゃま！」

かまわず、仲之は自宅に走り込んだ。自室まで走り、財布を掴んで自転車置き場に向かい、自転車を引き出す。

町に行くには、バスで西鹿島《にしかじま》の駅まで行って、そこから電車で市の中心部に行くから、電車の時間によっては仲之でも、西鹿島の駅で追いつけるかもしれない。

乱暴に自転車を出す音に、台所にいたトヨが驚いた様子で出てくる。

「坊ちゃま、どうしたずら？」

それにも答えず、仲之は自転車を引きずって、門に向かう。

「坊ちゃま、待ってください！」

すれ違った山川に止められるが、仲之はそれを無視して自転車に跨った。答えている暇などなかった。急がなければ、澤木が行ってしまう。

大事に握っていた栞を財布に挟み込み、仲之は自転車を漕ぎ出した。いつもなら、帽子もなしに炎天下の屋外になどいられない。事実、走ったせいもありもう頬が真っ赤に上気していた。けれど、火事場の馬鹿力とでも言おうか、今の伸之には澤木を追いかけること以外、なにも気にならなかった。

澤木の作ってくれた栞。

山川に嘘をつかせてまで、伸之に渡したいと思ってくれた気持ち。

想いが胸から飛び出して、伸之を走らせた。

澤木が伸之をどう思ってくれているのか、伸之にはわからない。ただ、今追いかけなかったら、もう二度とわからない。そう思えた。

追いかけなかったら、間に合わない。

なにに間に合わないのかもわからないまま、伸之は必死で自転車を漕いだ。

田舎の道は曲がりくねった場所が多く、天竜川の大きな橋のところまで行けば車の量も多くなる。夏休みの行楽シーズンだから、川遊びをする車でうまくすれば渋滞になっているかもしれない。

そうしたら、伸之でもどうにか追いつけるかもしれない。

わずかな望みをかけて、伸之はバスを追いかけた。

喉がぜぇぜぇと鳴り、頭がぼぅっとしてくる。暑さのせいと、全力で自転車を漕いでるせいの両方だろう。

と、目が眩みそうな心地になりかけた時、前方にうっすらとバスの影が見えてきた。たぶん、途中の停留所に何度か停車したのかもしれない。老人が多いこのあたりでは、バスの乗り降りは時間がかかることが多かった。

「澤木さん……！」

仲之の声に明るさが宿る。いっそう懸命に、仲之は自転車を漕いだ。

「――澤木さん！」

近づくと、大きな声で澤木を呼ぶ。聞こえるかどうかはわからないが、仲之は叫ばずにいられなかった。

「澤木さーんっ！　――澤木さーんっ！」

何度も、何度も、澤木を呼ぶ。泣き出しそうになりながら、仲之はバスを追いかけた。

と、バスが停まったと思うと、中から誰かが出てくる。

澤木だった。

仲之の表情がぱっと輝く。

「――澤木さんっ!!」

停車しているバスの側に自転車を乗り捨て、仲之は澤木に駆け寄った。

「仲之様、どうしてこんな無茶を……！」

息を切らせ、咳き込みながら澤木に駆け寄った仲之を、澤木が抱きとめる。心配そうな、怒ったような澤木に、仲之は財布をポケットから取り出し、栞を抜き出した。

「これ……」

澤木がはっとする。辛そうにひそめられた眼差しを、仲之はじっと見つめた。

「澤木さん、ぼく……」

言いかけた時、背後から車が走ってくる音が聞こえた。バスの後ろで、車が停まる。

「――仲之！」

聞こえてきた兄の声に、仲之はびくりとして振り返った。トヨか山川から報告されて、和之が追いかけてきたのだ。

早く、早くしないと連れ戻されてしまう。

「澤木さん……」

好きだと言ってしまいたい。澤木が仲之にとって特別な人だと伝えたい。

けれど――。

和之が以前言ったとおり、迷惑だとまでは思われないまでも、男から好きだなんて言われても、澤木を困惑させるだけだろう。

それなら、どうして自分は澤木を追いかけたのだ。どうして、澤木はひそかに自分に栞を贈ってくれたのだ。

「仲之、来い。帰るんだ」

和之が、伸之の腕を掴む。それを振り払い、伸之は澤木を必死で見上げた。

澤木はずっと黙っている。

好きだと言いたい。そのために、追いかけたのではなかったのか。衝動に追い立てられたのではなかったのか。

けれど、伸之の口から出たのは違う言葉だった。

「……これ、ありがとう。ずっと……ずっと大切に使うから。澤木さんだと思って、ずっと……」

握りしめた栞を澤木に指し示し、精一杯の想いを込めて、伸之は言う。好きだと伝える代わりに、一生懸命微笑んで、栞を握りしめた。

「大切に使うから……。澤木さん、元気でね。身体に気をつけるだに」

最後に方言を使うと、澤木がやさしく笑うのが見えた。

「はい。坊ちゃまもお元気で」

そう言って、伸之の背後にいる和之に頭を下げる。

　そうして、澤木は再びバスに乗り込んだ。すみません、と運転手に謝っている声がかすかに聞こえた。伸之が追いかけているのに気づいて、停めてくれるよう頼んだのだろう。

バスの扉が閉まり、エンジンがかかる。

伸之から見える側に澤木が座り、伸之たちに小さく頭を下げるのが見えた。

「澤木さん……」

涙が目にいっぱい浮かんだ。それを、伸之は懸命にこらえて、流すまいとした。

泣くのではなく、笑って澤木を見送ろうとした。

「澤木さん、元気で。……さようなら。さようなら！」

走り出したバスに、伸之は大きく手を振る。バスの中で、澤木も手を振り返してくれる。

「さようなら！　……さようなら！」

何度も何度も、伸之は叫んだ。涙がぼろぼろと零れ落ちていた。

泣きながら、何度もさようならと叫ぶ伸之に、和之はずっと黙っていた。いつものように、止めようとはしてこなかった。

やがてバスが見えなくなり、和之が静かに伸之の肩を押す。

「——さあ、帰ろう、伸之」

「うん……。ぼく、自転車で帰る」

ここに置きっぱなしにするわけにはいかない。

停める間も惜しんで放り出した自転車が、道の端に倒れていた。

それを起こそうとすると、和之が制止する。弟に代わって、和之が自転車を起こして、隅に停めた。

「あとで誰かに取りにこさせる。おまえは車に乗りなさい。顔が真っ赤だ」

和之が心配そうに、伸之の頬に掌を当てる。

そういえば熱気のせいで、頭がぼんやりしてることに、伸之は言われてやっと気づいた。

「……ごめんなさい」

自分の身体が呪わしかった。もっともっと健康だったら、こんな迷惑なんてかけないのに。

だが、怒っていたはずの和之はただ静かに、伸之の髪を撫でる。

「いいんだ。さ、帰ろう」

「……うん」

伸之の初恋は終わった。けれど、二度目があるとは思えなかった。

これが、一生で一回の恋だと、伸之は思った。

澤木だけが好きだった。

§第六章

澤木を追いかけ、そして、戻ったあと、伸之は高熱を出し、以来、寝たり、起きたりする日々が続いた。

起き上がる気力が湧かない。なんとか夏休みが終わるまでにはいつもの自分に戻らなくてはと思うのだが、身体が思うとおりに動いてくれなかった。

理由は自分でもわかっている。気力ががっくりと萎えているからだ。

澤木がいない。そのことを頭は受け入れても、まだ心が受け入れてくれない。

自室の布団に横になりながら、伸之はぼんやりと天井を見つめていた。熱のせいで、呼吸が多少苦しい。

枕元に置いた本から、伸之はそっと檜の栞を取った。読みかけたページがわかるように、本は畳に伏せてある。

言葉もなく、伸之はじっと栞を見つめた。

澤木がどこに行ったのか、伸之は和之にも山川にも訊かなかった。訊いても仕方がないと思っていた。

澤木はもう、二度と伸之のところには戻ってこないのだ。

——ずっと……ずっと大切に使うから。澤木さんだと思って、ずっと……。

懸命に口にできたのは、告白ではなく、こんな言葉だけだった。

けれど、他になにが言えただろう。

目にいっぱい溜まった涙が、目尻から伝い落ちる。あれ以来、伸之はすっかり涙もろくなっていた。澤木のことを想うだけで、全身から気力も、体力も抜け落ちていく思いがした。ちゃんとしなくてはと思うのだが、なにもする気になれない。

「坊ちゃま、トヨですよ」

障子の外から、トヨの声がした。澤木が出て行って以来元気のない伸之に、トヨも心配そうだ。

「……なに？」

小さな声で答えると、障子を開けてトヨが入ってくる。

「梨ですよ。ちょっと早いですけど、坊ちゃま、お好きだら」

「……ありがとう」

笑わなくては。

そう命じる声が聞こえて、伸之はうっすらと微笑む。

起き上がると、ゆるくかけられた冷房を気にしてか、トヨがカーディガンを着せてくれる。それから、膝に梨の載ったガラス皿を置いてくれた。

「よく冷えてますからね、すっきりするら」

「うん……」

八分の一ずつの大きさに切った梨を、ひとつ、それからもうひとつ、なんとか口にする。しかし、それ以上は無理だった。

「もうおなかいっぱいだで。ありがとう」

食べられない、と皿をトヨに渡す。トヨは悲しそうに顔をしかめながら、皿を受け取った。

「夜はなにが食べたいけ？　坊ちゃまのお好きなもの、なんでも作るずらよ」

「うん……でも、トヨが作ってくれるものなら、なんでもいいに」

そう言って、伸之は布団に潜り込む。なにを出されても、すごく食べたいと思う気持ちが浮かばない。

あの時、伸之の心で澤木への想いは踏ん切りをつけたはずなのに、どうしてなかなか立ち直れないのだろう。頑張らないといけないとわかっているのに、全身に力が入らなかった。

トヨは小さくため息をついて、部屋を出て行く。

「……ごめんなさい」

閉じられた障子に向かって、伸之は小さく呟いた。自分でもいけないと思っているのに、どうしようもできない。

最初は仕方がないと見逃してくれていた兄も、この頃ではいつまでもぐずぐずしている伸之にイラついている様子だった。

当然だ、と伸之は思った。自分でもこんな自分がいやなのだ。傍《はた》で見ている和之はなおのこと苛立たしいだろう。

元気を出さなくては。

大好きな人がいなくなっても、伸之の人生はまだまだ続いていくのだ。他の誰かを好きになることはできなくても、澤木がいない人生を受け入れて頑張らなくてはならない。

「……うん、そうだよ。頑張らないと」

みなをいつまでも心配させ続けるなんて、子供のすることだ。自分はもう、大人にならなくてはいけない。

伸之は自分にそう言い聞かせ、なんとか気合を入れようと決意した。

何度目かの決意だった。


翌日、少しは熱が下がり、伸之は麦茶が欲しくて台所に行こうと部屋を出た。熱が下がったばかりだからと部屋に閉じ込められていたが、麦茶を取りに行くくらいは別に自分でできる。

台所には誰もいず、伸之は自分で麦茶を入れて、こくこくと飲む。続けて、部屋にも少し持っていこうかと、コップに注ぎ足した。

ふと、誰かが外を行き交う気配に気づいた。台所の裏手は、山川が住む離れに近い。

なにをしているのだろうかと興味を覚え、伸之はコップをテーブルに置いて、裏口に向かった。つっかけを引っかけて、引き戸を開ける。

「……あ」

伸之の目が見開かれた。澤木の使っていたほうの玄関が開けられ、誰かがいる気配が見えたのだ。

「澤木さん……っ！」

思わず声を上げ、伸之は離れに駆け寄った。

もしや、澤木が帰ってきたのだろうか。そうであったらどれだけ嬉しいだろう。

しかし――。

「……トヨ」

笑みを浮かべかけて駆け寄った伸之の足が、中途半端に止まる。

室内に、澤木はいなかった。いるのはトヨと、澤木の母親だった。

「これは坊ちゃま、うちのがいろいろと迷惑をかけて……」

もごもごと口早に言い、澤木の母親が頭を下げる。

「いえ……あの……」

澤木はきちんと荷物をまとめて、離れを片づけて出て行っている。いまさら、トヨたちがすることはないはずだった。

トヨも澤木の母親も、手に雑巾やらスポンジやらを持っている。澤木が片づけていったあとを、もう一度掃除しているのだろう。

なんだか、澤木の匂いがすっかりなくなってしまうような気がした。

「本当にうちのは……。せっかく亡くなった旦那様が世話をしてくださったんだに、恩を仇で返すようにここを出て行くなんて、まあ……」

澤木の母親がため息交じりに愚痴る。

違うのだ、と伸之は言いたかった。だが、言えばさらに澤木が悪いことにされるだろう。

だから、本当のことは言えない。

それでも、伸之はなんとか澤木を弁護したかった。

「そんなことはないです。澤木さんは……いろいろと事情があって……」

「坊ちゃまはおやさしいから。お小さい頃から、うちのを慕ってくださって……。本当に申し訳ないことです」

澤木の母親が頭を下げてくる。

伸之はいたたまれなかった。

「……失礼します」

ぼそぼそと呟き、逃げるように離れから立ち去るしかなかった。

澤木は悪くない。悪いのは伸之なのだ。

しかし、事情を知らない人間にそれを言うことはできない。

澤木を思う気持ちは、伸之の中で一番綺麗な気持ちだった。

けれど、言葉に出せば汚されてしまう気持ちだった。しかも、伸之ではなく澤木が悪いことにされてしまう気持ちだ。

澤木がどんどん遠くなってしまう。

事務所にももう、澤木の出勤簿はなくなっている。作業着も、澤木が使っていた手袋も、長靴も、すべて捨てられてしまった。

伸之の手に残っているのはたくさんの思い出と、折々に澤木がくれた品物と、最後の栞だけだ。

また沈み込みそうになり、伸之はなんとかして気持ちを引き立てようとした。いつまでも暗く沈んでばかりいてはいけない。いいかげん、立ち直らなくてはいけなかった。

ため息を押し殺しながら、伸之は母屋に戻った。台所のテーブルに置きっぱなしだった麦茶の入ったコップを手に持ち、部屋に戻る。

障子を開けようとして、物音に気づいた。

「……誰？」

問いかけながら、障子を開く。

伸之は目を見開いた。

「兄さん……？　なにをしているのけ？」

室内には、和之がいた。なにか手にしている。

それを目にして、伸之ははっと顔色を変える。

「兄さん、それ、澤木さんがくれた……っ」

和之が手にしているのは、高校入学のお祝いにもらった腕時計だった。

もう片方の手には、ゴミ袋を持っている。

まさかと思い、伸之は兄に詰め寄った。

「兄さん、勝手になにしてるんだよ。なに捨ててるんだよ！」

和之はため息をつく。

「いつまでも側にあれば、未練が残るだろう。捨てるんだ、伸之」

「なんで……！」

寝たり起きたりしたままの伸之に、和之はいいかげん痺れを切らしたのだろう。思い立ったら、即実行に移すところが和之らしかったが、それにしても伸之に相談もなく捨てるなんて、あんまりだった。

「勝手なことするなよ！　諦めたのに……。澤木さんのことはもう諦めることにしたのに、なんでまだダメなんだよ！　完全に忘れなくちゃ、ダメなのけ！　そんなの、兄さんが決めることじゃないら！」

「それなら、どうしていつまでもメソメソしている。相手は男なんだぞ。――早く忘れるには、こんなもの捨ててしまったほうがいい。おまえのためだ、伸之」

ため息交じりに、和之が言う。そんな兄の言葉は正論で、正論だからこそ、伸之はカッとなる。

「やめてっ！」

伸之は納得できない。澤木に告白もできなかった。追いかけることも、今どこにいるのかも訊けなかった。それなのにまだ、想うことすらも、伸之から奪おうというのか。

伸之は兄を止めようとする。だが、澤木からもらったものを、まとめてひとつの箱に入れておいたのがまずかった。宝物だからという思いが、裏目に出た。

和之は、箱の中身をぽいぽいとゴミ袋に投げ入れていく。なんとか箱を奪い取ろうとするが、うまくいかない。

「兄さん、返してよ！」

ゴミ袋を持った腕に縋りつくが、逆に、和之に両肩を掴まれる。

「しっかりしろ、伸之。こんなものがあるから、いつまでも未練が残るんだ。澤木を好きになるだなんて、間違っている。わかるな？」

「でも……！」

心で想うだけなのに、それも許してもらえないのか。もう伸之には、想うことしか残されていないのに、それすらも否定されるなんて。

それもこれも、伸之がいつまでもぐずぐずと沈み込んでいたせいなのだ。だから、和之も耐え切れなくなったのだ。

「兄さん、もうメソメソしないから……。身体だってよくなるようにするから、だから、澤木さんからもらったものを捨てないで。お願い」

「それなら、澤木なしで強くなれ。あいつは、おまえには必要のない人間だ。おまえはわたしの弟だ。男なんだぞ。──そうだ。栞はどこにある。最後に澤木からもらっただろう」

「兄さん……」

和之を見つめて、伸之は力なく首を振った。本当に、兄はなにもかもを捨てるつもりなのだ。澤木の痕跡のなにもかもを。

とっさに、伸之は机に置いておいた本を抱きしめた。そこに、澤木からもらった栞が挟んである。

抱きしめた本に、和之の手がかかった。

「よこすんだ、伸之」

「いやだ……これだけは……。せめてこれだけは残しておいてよ。ちゃんと頑張るから。もう熱だって出さないよう頑張るから！」

「ダメだ」

「……あっ！」

強引に本を取り上げられる。和之は本ごとゴミ袋に捨ててしまう。

「返して、兄さん!」

伸之はゴミ袋を奪い取ろうとする。せめて、最後の栞だけは手元に残しておきたかった。

揉み合ううちに、和之の手を引っかいてしまう。

「いっ……っ。放せ、伸之!」

「……あぁっ!」

和之に、思い切り頬を叩《はた》かれ、伸之は畳に転がる。

と同時に、伸之がゴミ袋から手を放さなかったため、ゴミ袋の中身が畳に散らばった。

夢中で起き上がり、伸之は栞の挟まった本を胸に抱きしめてうずくまる。

「伸之!」

兄の叱責する声にも顔を上げず、身を丸めて本を庇う。どうしても、澤木の最後の贈り物だけは側に置いておきたかった。

その必死の決意を、和之も感じ取ったのだろう。大きなため息が、頭上から聞こえた。

「――いいか、よく聞け。今は澤木のことが好きでも、そんな気持ちはただの錯覚だ。おまえは小さい頃から澤木によく遊んでもらったから、だから、おまえにはやさしい澤木を好きだと思い込んでしまっただけなんだ。でもな、おまえも澤木も男だ。男が男なんて、普通は好きにならないものだ。それがわかっているから、澤木もここを出て行ったんじゃないか。澤木のことを思うのなら、澤木は忘れろ。それが澤木の願いだ。わかるな? さあ、栞を渡すんだ」

仲之の側に膝をついて、和之が手を差し出す。仲之は畳に突っ伏したまま、首を振った。これだけは、絶対に渡せない。ただのひとつも思い出の品を残せないなんてあんまりだった。

それに――。

仲之は栞を庇うように身を丸めたまま、口を開いた。

「……錯覚だとしても、澤木さんを想うこの気持は、幻なんかじゃなくて、今ここに、ぼくの中に存在している本当の気持ちだに。こんなに苦しいほど誰かを好きな気持ちが、たとえ錯覚だったとしても、気の迷いだったとしても、なかったことになんてできない。たとえいつかは消えてなくなる想いでも、今ここにある事実は絶対に消せない！　兄さんにだって否定させない！　だって、ここに……！」

叫ぶように言い、仲之は突っ伏したまま胸を押さえた。

澤木を想う気持は、痛いほどに仲之の中にある。それは幻ではなく、現実だった。

「……ここにある。こんなに……こんなに、澤木さんが好きだって……。好きだって……ここにあるんだに。錯覚だとしても、こんなに……胸が痛くなるほど、澤木さんが好き……好き」

澤木自身にさえ言えなかった言葉を、仲之は切々と口にした。言葉にするたびに、想いは仲之の中で泡のように弾けて、広がった。

これが錯覚だなんて、兄にだって言わせない。

仲之の呻くような告白に、和之は返す言葉を見出せない様子で、押し黙っていた。

やがて、床に散らばった澤木からの品物を、ひとつひとつゴミ袋に入れる音がしてくる。

すべてを入れ終わって、和之は立ち上がった。

「——栞だけだ。他のものは処分するからな。いいな、伸之」

疲れたような口調で言い、和之は伸之の部屋から出て行った。

——栞だけ。

伸之は鼻を啜《すす》った。ようやく手元に残せたのは、たったひとつ栞だけ。

これだけが、澤木を偲《しの》ぶただひとつのものだった。

自分の側から、どんどん澤木の痕跡が消されていく。いつかは澤木がいないことに慣れ、兄の言うとおり、澤木への想いも錯覚だったと思える日が来るのだろうか。

けれど、たとえそんな日が来たとしても、今これほどに伸之を苦しめている想いは幻覚ではない。確かにここにあり、苦しいほどに誰かを恋する想いだった。

いつか思い出になる日まで、きっとこの想いは伸之と共にある。

「……来るのかな」

栞の挟まった本を抱き竦めたまま、伸之は呟いた。こんなに苦しい想いが思い出に変わる日が来るのだろうか。

とてもそんな日が来るとは思えない。

それでも、伸之はちゃんと歩いていかなくてはならなかった。

あの日、澤木には別れを告げたのだ。澤木だって新しい職場で、新しい毎日を送っている。そのうち新しい人に出会って、その中の誰かと恋をするかもしれない。

伸之以外の誰かと……。

想像するだけで、息が止まるような痛みに伸之は襲われる。

けれども、伸之は耐えなくてはならなかった。

澤木のいないこの家で、一人で。

本から栞だけを抜き取り、伸之はそれを額に押し当てた。


澤木のいない夏休みは、どこか無機質に過ぎていった。

残されたたったひとつのものである栞を失いたくない伸之は、相変わらずはっきりしない体調ながらも、休み中の課題もきちんとすませ、表面上は以前よりも落ち着いているように見えた。

ただ、口数は以前と比べると明らかに減った。どこか子供っぽかった無邪気さも影を潜め、小学生のように蔵に顔を出してはあれこれ訊いてくることもなくなった。

「伸《のぶ》、明日の土曜にさ、みんなで映画に行こうって言ってるんだけど、おまえも行かないけ？ほら、浜北のショッピングセンターにあるやつ。だいぶ涼しくなってきたから、自転車で行っても大丈夫だら」

秋になり、友一が訊いてくる。夏の暑い盛りに浜北まで自転車を走らせるのは、伸之にはとんでもないことだったが、春や秋になれば気候のおかげで遠出もそれほど無理ではない。

それをわかっている幼馴染みの友一が、伸之を誘ってくる。

伸之は少し考え、首を横に振った。体調は、秋になってもはっきりしなかった。気力のせいだとわかっていたが、普通に生活する分にはまだしも、遠出をするのはやめておいたほうがいいだろう。

「ごめん、友一。ちょっと無理そうだで、やめとく」

「そう……か。なんかおまえ、大人っぽくなったよな」

どことなくしみじみとした口調で、友一が言う。

伸之はそれに首を傾げた。

「そうけ？　別に変わってないに」

「う〜ん。けどさ、前はなんつーか犬みたいな？　こうワクワクすると自分でも止められないって感じで、自分の体調とか冷静に見られない時とかあったけど、この頃はちゃんと断ったりできるじゃん。そういう……分別っていうの？　大人になった〜って感じだに」

「そう……かな」

首を傾げ、伸之は苦笑に似た笑みを浮かべる。冷静になったわけでも、大人の分別がついたわけでもない。ただ、以前のようにいろいろなことにワクワクできなくなっただけだ、と伸之は思った。

友一に続いて、別の友人も言う。彼も、伸之たちと同じ町の人間だ。

「なんかさ、伸、兄貴に似てきたら。落ち着いたところがちょっとさ」

「兄さんに？」

友人たちに調子を合わせるように、伸之もふふふと笑った。その笑い方も、和之に似てきたと友人たちが口々に言う。

以前はあんなに、もっと兄に似ていたらと思っていたのに、実際に似てきたと言われる今はそれほど嬉しいとは思えなかった。

兄の冷静さは本物だが、伸之のそれは全然違うからだ。

もう前のように、この世はキラキラとして見えない。なにもかもが新鮮で、心が高揚するようなワクワク感は、もうなかった。

それとも、きらめきが減ることを『大人になる』と言うのだろうか。

だとしたら、大人になるのはつまらないことだと伸之は思った。

澤木が……と思いかけ、続く言葉を伸之はそっと心の奥にしまい込んだ。澤木のことを思い起こすのは、自分一人の時と決めていた。そうでないと、自分がどんな反応を示してしまうのか予測できなかったからだ。

バスに手を振って見送ってから、もう三ヶ月が経とうとしていたが、いまだ心の傷は癒えなかった。澤木がいないことに、伸之の心は慣れようとしない。むしろ、心が空っぽになったような感じだった。

だが、このまま日々を過ごしていくしかなかった。

澤木はどうしているのだろう、と一日に何度も思ったが、澤木の行方を捜そうと伸之は考えなかった。知れば、きっと会いに行きたくなる。会えば、想いを隠せない。

澤木にとっては迷惑。

その一点だけは、きっと兄が正しいと、伸之は思った。けれど、そう思いながら、澤木が本当はどう思っていたか、確かめたくなる。

困らせるだけなのに。

いつでも、伸之の思考は堂々めぐりを繰り返すしかなかった。

放課後になり、それぞれ部活のある友人たちと別れて、伸之は一人で自転車に乗る。

自転車を漕ぐと風が起こり、そのせいで涼しいというより少し肌寒く感じる。

高水酒造では、そろそろ仕込みが始まる頃だった。今年チャレンジした秋上がりの酒も順調に仕上がり、売れ行きもまずまずといったところのようだ。この調子で、経営も上向くといいのだが、和之は相変わらず眉間に皺を刻み込んでいることが多い。

酒の仕込みといえば、澤木ももうどこかの酒蔵で仕込みを始めているのだろうか。

今度は杜氏として、自分の酒を仕込んでいるのだろうか。

——引き抜きの話のあったところにいるのかな。

もし、そうだとしたら、来年の春には澤木の造った酒がどこかで売られることになる。

「飲めたらいいなぁ……」

未成年だから無理であるが、澤木の造った酒をいつかどこかで飲んでみたいと伸之は思った。

もっとも、そのためには澤木がどこの蔵元に行ったのか、調べなくてはならない。

——やっぱり無理か。

知れば、会いに行きたくなる。

せめて、自分の舌がグルメと言えるほどの特別な舌で、ひと舐めしただけで味の違いがわかるような舌を持っていたら、いつかは澤木の酒がわかったりはしないだろうか。

けれど、残念なことにそこまで敏感な味覚を、伸之はしていない。

結局、偶然にでも助けられない限り、自分はもう二度と澤木には会えないのだ。

鼻の奥がツンと痛んだ。

涙ぐみそうな自分に気づき、伸之は慌てて別のことを考えようとする。

今日出た宿題のこと。

小テストのための試験勉強のこと。

高校を出たあとどうするのかということ。

ちょっとしたことですぐ熱を出すような伸之には、たぶん、家を離れることは難しい。

高校を卒業したら、兄の手伝いとして高水酒造に入ることになるかもしれない。

そうやってずっと兄の手伝いをしながら、自分はここで暮らしていくのだろう。どこにも行かず、高水家から独立することもなく、この町で生きていくのだ。ずっと。

澤木には二度と……。

いいや、考えてはいけない。自分は男で、澤木も男で、もしこの先再会することができたとしても、どうともなりはしない。

だから、伸之はいつものように、心の一番奥深くに、一番大好きな人の思い出をしまい込んだ。心だけは、伸之一人の自由になる場所だった。


「ただいま」

家に帰ると、蔵のほうからたくさんの人のざわめきがしていた。その活気が母屋のほうまで伝わってくる。

地元での米作りも終わって、農家の人々が高水酒造に蔵人としてやってきていた。

もちろん、常駐の蔵人もいる。

両者が協力して、高水酒造では酒を造っていた。

去年までなら、ここに澤木もいた。

仲之の眼差しが、切なげに歪《ゆが》む。今年は蔵に行っても、澤木はいない。

自転車置き場に自転車を停め、仲之は母屋に入った。

「お帰りなさいませ、坊ちゃま」

トヨがいそいそと出てくる。それにもう一度「ただいま」と返して、仲之は部屋に向かった。

じきにトヨが、おやつを持ってやってくる。仲之は食が細かったから、トヨはこうしてちょこちょことなにかを食べさせるのが常だった。たいていはフルーツで、今日は蜜柑だった。それにお茶がついている。

「またしばらく、賑《にぎ》やかになるずらねぇ」

トヨはニコニコしている。屋敷内が賑やかになれば、仲之の気も引き立つと思っているのかもしれなかった。

仲之も笑みを浮かべる。もっともそれは、かつての天真爛漫なものとは違っていた。

「そうだね。今年もいいお酒ができるといいね」

制服を着替えて、トヨが持ってきてくれた蜜柑を手に取る。特別食欲はないが、トヨを心配させる気はないから、ひとつは食べようと皮を剥いた。

「晩御飯はどうするずら？　なにか食べたいものはあるずらか、坊ちゃま」

トヨがどこか気を取り直したように訊いてくる。

仲之は首を傾げて、困ったように微笑んだ。

「トヨが作ってくれるものなら、なんでも好きだに」

「そう……ですか。さて、それじゃあ、なんにするずらねぇ」

そう言いながら、トヨが台所に戻っていく。

障子が閉まるのと同時に、伸之の口元から笑みが消えた。

きちんと学校に通って、用心するようになったから、かえって以前より発熱することも減っている。

気持ちが沈んで起き上がれないなどということはないし、学校の成績が落ちることもない。

周囲の誰からも文句を言われる行動を、伸之はけして取らない。

けれど、明らかに伸之は以前の伸之と変わっていた。

台所で、トヨが小さくため息をついていた。

§第七章

澤木のいない仕込みのシーズンが過ぎ、春になり、暑い夏を通り過ぎて、秋になり、澤木がいない二度目の仕込みのシーズンが来る。

澤木のいない日常に、伸之は少しずつ順応していった。

会いたい、と時に胸が締めつけられる思いに襲われることもあったが、そんな時は一人でじっと耐える。

いつかはこんな衝動も薄くなり、思い出になっていくのかもしれない、と伸之は思った。ただ、澤木を忘れることはない。忘れなくても、思い出に変わっていく。

全国新酒鑑評会で上位に入った日本酒を、例年なら澤木と一緒になって試しているのに、杜氏の山川が一人で口に含んでいる姿を見るのも、二シーズン目ともなると、最初の年よりは寂しそうにも見えなくなっていく。

夏の山中を流れるせせらぎに一人で足を浸けていても、澤木を失った直後よりも悲しみは薄くなっている。

そうして日々を過ごすうちに、伸之は高校三年生となり、澤木のいない二シーズン目の冬に受験生となった。

「行ってきます」

市の中心の駅まで送ってくれた兄に、切符を手にした伸之はうっすらと微笑んで言い、新幹線に乗った。

「無理はするな。気をつけるんだぞ」

心配そうな和之に、つい苦笑が洩れる。

和之が心配するのも、無理はない。伸之だって、まさか自分が大学受験に臨《のぞ》めるようになるとは思ってもみなかった。

ある意味、澤木のおかげと言える。

澤木がいなくなって以来、みなとはしゃいでつい気分が盛り上がり、自分の体調を無視して無理をしすぎてしまうということがなくなった伸之は、体調に応じて冷静に身体を休めたり、静かに時を過ごすことが多くなったため、かえって以前より調子を崩すことが少なくなっていた。

体調も整い、きちんと自分で自分の身体の管理ができるのなら、というただし書きつきで、大学進学も無理ではなくなっていたのだ。

思わぬ怪我の功名《こうみょう》と言えた。

もともと、成績は悪くない。体調の関係で自宅から自転車で通学できる高校に通っていたが、遠距離でも身体が持つようなら、市内の進学校に通っていただろう。

もっとも、和之ほどの学力はなかったから、兄のようにT大を受験することはできない。

それよりはもう少しランクは下だが、一応、国立大学を受験する予定になっていた。そのほうが学費も抑えられる。高水酒造の経営は、いまだ青息吐息の状態が続いていた。

新幹線を東京で乗り換え、宮城《みやぎ》県に向かう。

仙台《せんだい》駅に降りると、地元よりずっと寒かったが、東北という言葉からイメージされるような雪景色は見えない。街中ということもあるだろうが、道の端に少し雪が融け残っているくらいだ。

夏もそれほど蒸し暑くないと聞くし、仲之でもきちんと防寒に気をつければ、まず過ごしやすい街なのではないかと思えた。

あくまでも無理をしない、が基本だったから、今日はもうホテルに入って、翌日まで身体を休めるつもりだ。

時刻を見ると、三時半を少し過ぎた頃だった。昼前に浜松を出たから、だいたい四時間半くらいかかったことになる。

白い息を吐き出しながら、仲之は駅近くのホテルに向かった。

二日間に亘《わた》る試験が終わり、仲之はさらに一泊してから、ホテルを出た。

やれるだけのことはやったと思うが、どうだろうか。

合格できるといいな、と思いながら、仲之はみなへの土産を買うために、駅近くのデパートに入った。有名な『萩《はぎ》の月《つき》』はもちろん購入するが、それ以外にトヨから長茄子漬けと仙台味噌をリクエストされていたからだ。

漬物や味噌なら、駅の売店で買うよりもデパートの地下食品売り場に行ったほうがいいものが買える気がして、伸之は目についたデパ地下に入る。

「……どこらへんなのかな」

きょろきょろとあたりを見回しながら、長茄子漬けと仙台味噌を探す。

洋菓子売り場を通過し、和菓子、パン、惣菜と売り場を通り過ぎる。

そろそろ近いかな、と思った伸之の視線が、不意に止まった。

「ぁ……れ……」

見知った顔。

その残像が網膜に残り、伸之は慌てて視線を戻す。どこであの顔を見たのだ？

デパ地下内を歩く人、あるいは店員。

いいや、そのどれでもない。

あちこちにさまよった伸之の眼差しが、一点で止まる。

「あ……澤木……さん……」

それは、実像ではなかった。今ここに、このデパ地下内に存在しているのではない。

雑誌の一ページを切り離して、展示してあるブース。

その切り離された雑誌に、澤木の姿があった。

仲之はふらふらと、かすかに微笑んでいる澤木の写真に近づいた。

確かに澤木だった。高水酒造ではない蔵元の袢纏《はんてん》を着て、穏やかに微笑んでいる。

いったいなんの記事なのだろう。

仲之は写真に添えられている記事に、目を滑らせた。

どうして澤木が雑誌に載っているのだ。

記事では、ある蔵元の日本酒を紹介していた。杜氏が代わってすぐの年に、全国新酒鑑評会で銀賞を取った酒だった。金賞ではないのに、よほど記者がこの酒に惚れ込んだのだろう。絶賛する記事だった。

視線を上げると、記事が展示されている場所は酒屋だった。記事の側には、紹介されているのとは別種だが、今年仕込まれた日本酒の空き瓶が飾られている。搾り立ての味わいを楽しめる純米吟醸生酒だ。中身の入った本物は、奥の冷蔵庫の中にしまわれているのだろう。

記事の様子から、戦後にできた比較的新しい蔵元のようだった。

場所はどこだ。どの蔵元に澤木はいるのだ。

仲之はたまらず、店内の店員を捕まえた。

「あの……！　これ、このお酒の蔵元はどこにあるんですか？」

仲之の切羽詰まったような勢いに、店員は驚いた様子になる。しかし、問われたことにすらすらと答えてくれた。

「県内の登米《とめ》市にある蔵元でございます、お客様。住所はこちらに」

と言って、記事の末尾を指し示す。そこには、蔵元の名前と住所、電話番号が記されていた。

思いがけなく澤木の居場所を知ったことで動揺し、住所には気づかなかった伸之は赤面した。

「ありがとうございます。……あの、メモを取ってもいいですか？」

「はい、どうぞ」

もう一度店員に礼を言い、伸之はバッグからメモ帳を取り出し、写し取った。

写し取るうちに、ハッとする。記事に出ている瓶のデザインに、記憶が刺激された。

たしかどこかで……と思いかけ、去年の春、杜氏の山川がこの酒を試していたことを思い出した。いやにしみじみと「いい酒だ」と山川が言っていた口調まで蘇り、だから覚えていたのだと思い出す。山川が頷く表情が妙にやさしくて、そんなに美味しかったのだろうかと思ったのだ。

伸之はメモした住所を見つめた。

宮城県、登米市――。

今なら、山川がここを知っていたのだとわかる。これが澤木の造った酒だと知っていたから、愛しむように味わっていたのだ。

もちろん、山川は知っていただろう。大袈裟に見せることはなかったが、山川は澤木を弟子として可愛がっていた。行き先を心配するのは当たり前だ。

それを承知で、訊かなかったのは伸之だ。

知ってしまえば、会いに行かずにはいられないとわかっていたから、山川には訊ねなかった。

知らないままでいれば、会わずにいられる。

そうだ。

逸《はや》りかけていた伸之の心が、重く沈んだ。

なんのために、自分は澤木に会わない道を選んだのだ。どんなに澤木が好きでも、自分は男で、
澤木も男だ。告白されても澤木を困らせることにしかならない。

現に、澤木が高水酒造を出て行ったのも、伸之が告白しかけてしまったことが原因だった。

伸之が、澤木を他所に追いやったのだ。

それなのに、いまさらどんな顔をして澤木に会いに行けるのか。

会えるわけがない。

それがわかっていたから、伸之は山川にも誰にも、澤木の居所を訊かなかったのではないか。

メモを見つめたまま立ち尽くしている伸之に、店員は不審そうに首を傾げたが、特に話しかけ
ることもなく立ち去る。

どうしよう。

会いに行くべきではないとわかっているのに、伸之は動くことができない。

澤木の元には行けない。真っ直ぐ家に帰るのだ。

伸之はメモから無理矢理視線を引き剥がし、くしゃくしゃにまとめてバッグにしまう。思いつめたような顔をして、伸之はトヨに頼まれていた土産物を探しに向かった。家に帰る。澤木には会わない。

呪文のように唱えながら、一番最初に目に入った長茄子漬けと仙台味噌を購入する。それから、駅に向かい、売店で『萩の月』を買った。

これで、土産物は揃った。次は、新幹線の切符だ。

切符を買って、早くここから離れるのだ。

歯を食いしばるようにして、新幹線の券売機に向かう。東京駅を経由して浜松まで。券売機の隅には現在時刻が表示されていた。

——十二時三十五分。

乗り合わせがうまくいけば、夕方には浜松に着く。それから、電車とバスを乗り継いで、六時か六時半には家に戻れるかもしれない。

ホテルに三泊はやはり疲れたから、早く家に戻って休むのが身体のためだった。

伸之は表示に従って画面に触れていく。お金は十分すぎるほど渡されていて、兄に言われたとおりグリーン車を選ぶ。

時間は、疲れている身体で荷物を持って急ぐのはあまりよくないと思い、余裕を持った組み合わせのものを選んだ。

すぐ次の新幹線はもう時刻が迫っているため、乗るのはだいたい一時間後のものにする。これだと、東京駅に着いてから乗り換えの時間に二十分の余裕があった。

確認の表示に触れれば、切符を購入できる。

けれど――。

伸之の指が、触れる寸前で止まったまま動かない。触れればそれで終わるのに、あともう少しがどうしても動かなかった。

――帰るんだ。

家に帰れば、それで終わる。澤木に会おうにも、宮城まで行く金は伸之にはない。和之に頼まなければ、そんな交通費なんてとても……。

「……っ」

ビクッと震えた指が、画面に触れる。代金を投入するようにと表示が変わった。

しかし、伸之の目に画面の表示は見えていなかった。

――もし、昨日受験した大学に合格してしまったら……。

伸之の学力で受験できる、一番の志望校だった。もし合格したら、春からはこの街で伸之は暮らすのだ。

その時、自分は澤木に会わないことを選択し続けられるのだろうか。

すぐ側にいることをわかっていながら、四年間知らないふりをして過ごす？

……無理だ。たとえ話しかけることができなくても、一目見るだけでも会いたくなるに決まっている。

だって、今でもまだ、伸之は澤木のことが好きなのだ。この気持ちは一生変わらないと思えるほど、澤木が好きで、忘れられなかった。

それなら、仮に合格できたとしても宮城には行かず、滑り止めで合格している別の私立大学に行くべきか。

けれど、私立はお金がかかる。一人暮らしをする費用だって馬鹿にならないのだ。高水酒造の経営に苦労している兄に、できるだけ負担をかけたくない。

だが、ここに来れば澤木が——。

「……あの、お金を入れないいんですか？」

券売機が、代金の投入を催促するように音を立てていた。それを見かねて、通りかかった人が伸之に声をかける。

伸之はハッとした。いつまでもここで迷っていては、迷惑になる。

「す、すみません」

ぺこりと頭を下げ、バッグから財布を取り出す。

家に帰る。大学に合格できてもここには……。

——ああ、でも……！

指が取り消しに触れるのを、伸之は考えがまとまらないまま見つめていた。身体が勝手に動いていた。

——ダメだ。選べない。

財布をバッグにしまい、券売機を離れる。少し場所を離れて、どうしようか考えようと思った。選択した新幹線の時刻までまだ一時間弱ある。その間に、心を決めよう。

いや、今すぐ買うべきだ。切符を買って、ホームに入ってしまえば、澤木のことも諦められる。大学のことは、まだ合格できるかどうかもわからない。落ちる可能性だって大きかったし、万が一合格したとしても、まだ考える時間がある。

澤木が宮城にいるなんて……。

駅構内の柱にもたれかかりながら、伸之は唇に拳を当てた。澤木がここにいると知っていたら、伸之は仙台の大学なんて選ばなかった。

和之も、知っていたならきっと反対しただろう。

だから、たぶん澤木の所在を承知していたのは山川だけなのだ。

山川が止めてくれたら……。

いや、もし願書を出す時に山川が止めたら、伸之は不審に思うだろう。結局、山川を問い詰めて、澤木の所在を知ってしまう。

山川にしてみたら、下手に口出しなどできなかっただろう。

でも――。

仲之は柱にもたれかかるように、ずるずるとうずくまった。

一年半ぶりに見た澤木。

穏やかに微笑んで写真に写っていた姿が、まるで目の前にまだあの記事があるかのように脳裏に映る。

少し頬が削げて、シャープな輪郭になったような気がした。

苦労したのだろうか。

けれど、それらを乗り越えて、澤木は雑誌に取り上げられるような日本酒を造り上げた。今年はもっとよい酒を造るだろう。

そこに、仲之の居場所などない。新しい人間関係に囲まれて、澤木は高水酒造にいた時よりもずっとのびのびと過ごしているかもしれない。

あそこには、澤木の過去を知る人間が多すぎた。過去に囚われて、いつまでも澤木を色眼鏡で見る人間が多すぎた。

澤木のためには、職場を移ったのはよいことだったのかもしれない。

そんなところに自分が顔を見せたら、きっと澤木を困惑させる。懐かしいとか、嬉しいとか、そんなふうには思ってもらえないに決まっている。

そんなことは、この一年半の間に何べんでも自分に言い聞かせた言葉だ。澤木にとって、仲之は疫病神《やくびょうがみ》にしかならない。このままずっと会わないでいるのが正解だ、と。

けれど、心が。

伸之の心が、澤木を求めてざわめいた。どこにいるのか知ってしまった心が、澤木を欲して理性の引き止めを聞かない。

澤木に会いたくて、一目でいいから姿を見たくて、その気持ちを押しとどめることが難しかった。

——会いたい。

ただシンプルな望みだけが、伸之の心を埋め尽くしていく。

言葉を交わしたいとか、会ってなにかがしたいとか、そんな大それたことは望んでいない。

ただ一目——。

一目、澤木に会いたかった。どこかの物陰からほんの一目でいいから、澤木に会いたい。

会いたい。会いたい。会いたい。

心が澤木でいっぱいになる。まだこんなに、澤木が好きだった。澤木だけが恋しかった。

許されないのに。こんなことをしても、気持ち悪がられるだけなのに。

わかっていても、気持ちを抑えきれない。離れている間に想いも薄らぐかもしれない、という期待も今となっては虚しかった。

気持ちは薄まらない。思い出には変わらない。

澤木を想うこの気持ちは、今でも思い出ではなく、現在進行形の恋だった。

すぐ近くに恋しい人がいると知ってしまったのに、どうして会わずにいられるだろう。けして話しかけないし、姿を見られたりもしないようにする。だから、ほんの少しだけ、澤木の元気な姿を見たい。

強い衝動を、伸之はもう止められなかった。

立ち上がり、時刻表を探す。みどりの窓口で時刻表の本を見つけ、浜松までの最終の新幹線を調べた。

東京駅での乗り換えも計算すると、仙台駅を七時五十五分に出る新幹線が最終になる。それまでにここに戻ってくればいい。

それから、バッグにしまい込んだメモを取り出した。皺を広げて、住所を読む。

宮城県、登米市――。

駅員に訊いたら、最寄の駅を教えてもらえるだろうか。

携帯を取り出して時刻を見ると、一時半になっている。悩んでいる間に一時間近く経っていることに、伸之は驚いた。

七時五十五分まで、あとおよそ六時間半。

荷物を持っての移動は時間のロスになると考え、コインロッカーを探して、土産物を含めた荷物を入れる。

身軽な身体になって、伸之は書店を探した。書店に行けば、地元宮城県の地図があるはずだ。そこから、澤木のいる蔵元の住所を調べて、最寄の駅を見つける。

体調を気遣ってのんびり歩くのが常になっていた伸之が、今は小走りに書店を探す。そうだ。さっきのデパートに行けば、きっと書店が入っているはずだ。

伸之は急いで、土産物を購入したデパートに戻った。書店のある階を確認して、エスカレーターを上がる。

大急ぎで書店に入り、地図を探した。

「登米市……登米市……」

ぶつぶつと呟きながら、登米市の地図を探す。広げると一枚になるタイプの地図を見つけ、該当する地名を目で追った。

「……あった！」

一番近い駅を探し、それを記憶した。折り畳んで元の形に戻し、レジに持っていく。もしかしたら、現地に着いて必要になるかもしれない。

慌ただしく現金を支払い、また駅に引き返す。

息を弾ませながら駅に戻ると、土地勘のない場所のせいか手間取り、二時を十分ばかり過ぎている。

在来線の券売機を探し、覚えてきた駅までの切符を買った。ここまでどれくらいかかるのだろう。

改札を通過するついでに、駅員に訊ねる。

「すみません。石越《いしこし》駅までなんですが、どれくらいかかりますか？」

「石越まで？　だいたい一時間二十分ですね。二十分発の電車は小牛田《こごた》止まりですので、四十四分発のに乗ってください」

「四十四分……。わかりました。ありがとうございました」

ぺこりと頭を下げ、ホームに向かう。間違えないように確認しながら、東北本線のホームに向かう。

四十四分までは、まだ三十分以上時間があった。

そうだ、と思いつき、自宅に電話をかける。もし最終で帰ることになると、浜松駅に着くのは夜中近くなる。一言断っておかなくては、兄たちが心配するだろう。

電車が来るのを待っている間に、伸之は連絡することにした。

発信音が聞こえて、じきに相手が出る。

『坊ちゃま、今どちらずらか？』

ナンバーディスプレイで表示が出るからすぐにわかったのか、トヨがすぐに訊いてきた。

「まだ仙台。あの……もう少し、街の様子を見ていこうかと思って」

『まあまあ、試験はうまくいったんですね。よかった。お身体の具合はどうずらか？』

「大丈夫だで。調子がいいから、市内の様子を見てから帰るで。だもんで、浜松に着くのは夜中になると思う」

『まあ……あまり無理をしてはいけませんよ。和之様は今、蔵にいますから、トヨから伝えておきますで』

「うん、お願い。じゃあ」

携帯を切って、仲之は深く息をついた。兄が近くにいなくてよかったとホッとする。

これで、ギリギリまで宮城にいられる。

澤木の所在地のメモと切符を握りしめ、仲之は電車が来るのを待った。


「和之様、仲之様からお電話がありましたよ。ずいぶんお元気そうで、あちらの街の様子を見てから帰るとおっしゃっておいでてしたずら」

蔵にやってきたトヨに、和之が顔を上げる。

「なんだ、ずいぶん余裕じゃないか」

思わず口元が綻ぶと、トヨも小さく笑った。

「はい。きっと試験のほうもうまくいったんでございますよ。浜松に着くのは夜中になると、今連絡がありましたで」

「夜中？　ずいぶんギリギリまで仙台にいるんだな。明日には寝込まないといいが。——あとでもう一度電話をかけて、浜松に何時に着くのか訊いておいてくれ。駅まで迎えにいくから」

「はい、和之様」

トヨが頷いて、母屋に戻っていく。

真っ直ぐ帰ってこない弟に困った奴だと思いながら、しかし、久しぶりに羽目をはずした感のある伸之の様子に、和之は安堵《あんど》もしていた。

澤木がここを去って以来、妙に大人びてしまった伸之が、和之は気にかかっていたのだ。おかげで、体調管理はうまくいっているが、代わりに、伸之のなにか大事なものが失われてしまったようにも思われて、心配もしていた。

——あんな男のために……。

といっても、相手が澤木でなかったとしても、男である限り、弟の恋の相手として認められるわけがない。

大学受験の関門を潜り抜け、新しい生活に入れば、きっと伸之ももっと澤木のことを忘れていくはずだ。

仙台の街を気に入ったのなら、弟にとってよいことだ、と和之は思った。

だが、和之に背を向けてタンクの様子を調べながら、杜氏の山川は眉間に皺を刻んでいた。まさか、という思いが、山川の中で込み上げていた。

目的の駅に到着したのは、四時だった。

新幹線の時間から逆算すると、六時十八分発の電車で仙台に戻る必要がある。それ以外の仙台行きは、五時五十七分しかない。その二本を逃したら、新幹線には間に合わない。

しっかりとその二つの時間をメモし、仲之はタクシー乗り場を探した。

小さな駅で、すぐに見つかる。空を見上げると、どんよりと曇り始めていた。気温がさっきより急激に下がっている。

雪が降るのかもしれない。

——急がないと。

仲之はタクシーに乗り込み、メモを見せた。

「この住所に行きたいんですけど。喜久泉《きくせん》酒造という蔵元なんですが」

運転手はメモを見て、顎をかく。

「ここからだと三十分くらいかね。いいかい？」

「はい、お願いします」

たぶん、グリーン車を指定席か自由席に変えれば、お金は足りるはずだ。

仲之は頷き、タクシーは出発した。鄙《ひな》びた駅中心部から、タクシーは山の方角に向かって走っていく。

住所だけで、タクシーの運転手が場所をわかってくれてよかった、と伸之はホッとした。三十分くらいの場所なら、六時十八分の電車までには十分に帰ってこられるだろう。

通り過ぎる町並みを、伸之はぼんやりと眺めた。ここが、澤木の住む町だ。伸之の生まれ育った町と同じく、都会ではない。のんびりとして、鄙びていて、田んぼもたくさん見えている。

春になったら、一面緑の景色に変わるのだろうが、今はまだ雪がうっすらと見えて、寒々しい。急に胸が締めつけられ、涙が滲みそうになった。鼻を啜る音が泣き出す前兆のような湿り気を帯びていて、伸之は慌てて鼻をこする。

そんな伸之に話しかけるのを躊躇《ためら》ったのか、運転手は声をかけてこなかった。

伸之もそのほうが具合がいい。澤木の居場所に刻々と近づくことで動悸が高まり、呼吸するのが苦しくなっていた。

こんな状態で、運転手と世間話などできない。

澤木は今頃、なにをしているだろう。時間的に、まだ蔵にいるだろうと思う。ちょっとでも外に出てきてくれたら、澤木の姿を見ることができるかもしれない。

でも、と急に気づく。そうとうな幸運がなければ、澤木がうまく外に出てくることなどありえない。

たぶん、自分は澤木を見ることもできない。ただ、澤木が働いている場所を見るだけのことだ。

高揚していた気分が、沈んでいく。自分でも無茶をしてこんなところにまで来てしまったが、結局見られるのは、澤木の働いている場所だけ。

——馬鹿だな、ぼく……。

自嘲が込み上げ、伸之は唇の端を歪めた。トヨや兄に嘘をついてまでここに来て、結局澤木を見ることはできない。

小さく息をついて、伸之は座席の背もたれにもたれかかった。馬鹿だとは思うが、引き返そうとは思わなかった。

澤木の働いている蔵を外から見られるだけでもいいではないか。

澤木がそこにいる。そう思うだけで、きっと自分は嬉しいような気がする。

嬉しくて、泣いてしまいそうだ。

ふと、目の端になにかがちらつき、伸之は窓の外を眺めた。ひらひらとなにか白いものが舞い落ちてくる。

「……雪」

外では、雪がちらつき始めていた。浜松ではめったに見られない雪だ。

キンとした寒さが、タクシーの中にまで染み込んでくる気がした。

ここで、澤木は酒を造っているのだ。

「——運転手さん。さっきの蔵元さんから少し離れた場所で停まってもらえますか?」

「？　……はい」
澤木に見つかってはならない。そう決めていたことを、伸之は忠実に実行する。
見るだけ。
存在を感じ取るだけ。
澤木には絶対に迷惑をかけない。
そっと窓に頭をもたれさせ、伸之は舞い落ちる雪を見つめていた。

§第八章

純米大吟醸酒の搾り用の袋をアルコールに浸ける。水気をなくすためと、搾る時に袋の匂いを酒につけないようにするための工程だ。

搾りとは発酵させた醪《もろみ》を酒袋に入れて圧縮させることによって、酒と酒粕に分ける工程を言う。そこからさらに滓《かす》を残して上澄みを集め、濾過《ろか》した後《のち》、六十五度前後の低温で加熱殺菌する。その後、貯蔵タンクに入れて熟成させ、それが終わったものが日本酒として出荷される。

数日後には、純米大吟醸酒の搾りを行う予定になっていた。

少しずつ、今年の酒も仕上がっていく。

宗吾は、醪の様子を確認しながら険しい顔をしていた。

「澤木さん、純米大吟醸になにか？」

側にいた喜久泉酒造の社長中岡《なかおか》が、心配そうに訊ねてくる。万が一のことがあれば、タンク全体を廃棄しなくてはならない。大変な損失だった。

宗吾はハッとして、意識を戻す。

「いいえ、大丈夫です。順調に発酵していますよ、社長」

「そうか。よかった」

ホッとしたように中岡が胸を撫で下ろす。高水酒造の和之ほどではないが、中岡もまだ三十代半ばの若い社長だった。

ここの先代の杜氏と高水酒造の山川が親しくしており、その縁で宗吾は喜久泉酒造を新たな職場として紹介されていた。

ちょうど杜氏が引退するところだったから、宗吾は次の杜氏として雇われ、去年には初めて、自分の酒を造っている。

それが思いがけなく、全国新酒鑑評会で銀賞に入り、雑誌の取材まで受けることになった。

山川からも、試飲した酒の講評をもらえた。

伸之がもしそれを見てくれたら——。

そう思わなかったといえば嘘になる。

伸之のために高水酒造を出たというのに未練がましいことだ、と宗吾は思う。

けれど、伸之を嫌って、あそこを辞めたわけではないのだ。応えられるものなら、伸之の想いに宗吾だって応えたかった。

だが、宗吾は大人だ。大人の男として、伸之の想いに応えるわけにはいかなかった。

伸之も宗吾も、男なのだ。男同士で好きだのなんだの、許されるわけがない。結局は、伸之を苦しめることになる。

だから、身を引いた。そのことを後悔したことはない。大人として、正しいことをしたのだと思っている。

しかし、心の奥底にいつまでも伸之の残像が残り続けたのも事実だった。

恋ではない。恋というよりも、もっと深い。

世の中のすべてが敵だと思っていた宗吾の心を、柔らかく照らしてくれたのが伸之だった。

愛や恋などというものではなく、もっと深く、もっと強く、伸之は宗吾にとってかけがえのない宝物だった。

その宝を、宗吾自ら傷つけるわけにはいかない。

だからこそ、高水酒造から逃げ出したのだ。

そうして一年半あまり。

このまま自分は、心の奥を照らす伸之の残像だけを大切にして生きていくのだ、と宗吾は思っていた。

それなのに――。

山川からの電話があったのは、今から一時間ばかり前のことだった。

その電話で、宗吾は伸之が仙台の大学を受験しに来ていることを知った。

そして、もしかしたら自分の居場所を伸之が知ってしまったかもしれないということも。

大学受験ができるほど健康が回復していることにも驚いたが、まさか自分とこんなに近い場所の大学を受験するとは夢にも思わなかった。

仙台市と登米市では、目と鼻の先というには距離があるが、同じ県内だ。静岡からの距離に比べたら、すぐ近くといえる。

だが、どこで伸之は自分のことを知ってしまったのだろう。山川は自分は言っていないと明言していた。

いったいどこで――。

いや、まだ伸之が宗吾のことに気づいたとは言い切れない。電話でトヨに言ったとおり、伸之はただ仙台の街を探検しているだけかもしれない。

しかし、いくら大学受験ができるほど体力がついたといっても、ホテルに三泊した上に街中を散策できるほど伸之に体力があるとは思えなかった。

受験で、気力を遣っているだろうとも思える。

本当なら、今日などは疲れきって、一刻も早く自宅に戻りたいはずだ。

そう考えると、伸之が仙台の街を散策して帰るという話が言い訳めいて聞こえる。

山川が案じたとおり、やはり伸之はなんらかの事情で、宗吾が同じ県内にいることを知ってしまったと考えたほうがいいかもしれない。

だとしたら、伸之は喜久泉酒造に向かっている？

「……無茶をして」

「ん？　なにか言ったか？」

中岡が宗吾の呟きを聞き咎め、振り返る。

「いえ、なんでもありません」

宗吾は慌てて首を振る。しかし、伸之のことが頭から離れない。大学進学を考えられるほど体調がよくなった伸之を、宗吾は現実には見ていないから、脳裏に浮かぶのはなにかあればすぐに寝込んでいた伸之の姿ばかりだった。

その姿からは、受験のために四日間も家を離れる伸之など、想像もできない。

無理をして、体調を崩しはしないだろうか。仙台は、東北の中では温暖な気候といえたが、静岡と比べればやはり寒かった。

だが、自分はもう高水酒造とは関係ない立場の人間だ。万が一、伸之が会いに来たとしても、喜んで受け入れるわけにはいかない。

宗吾が伸之を受け止めることは、許されないことだった。

しかし、中岡と共に蔵を出た宗吾の目に、雪がちらつくのが見えた。

「雪が……」

「ああ、道理で冷えると思った。また積もりそうだな」

中岡が答える。

この雪の中、もしかしたら伸之が——。

伸之がもし、ここに向かっているとしたら。

こんな寒さの中に身を置いているとしたら、あの身体で耐えられるはずがない。

ダメだ。

宗吾はもう、こらえられなかった。

理性が止めようとする間もなく、宗吾の口から勝手に言葉が飛び出す。

「すみません。ちょっと駅まで行ってもいいですか？」

「石越駅に？　なにか用事があるのか？」

「はい……あの……すみません、お願いします」

理由をどう言っていいかわからず、宗吾は口ごもり、ただ頭を下げた。

中岡は不思議そうに首を傾げたが、すぐ苦笑する。

「いいよ。今日の作業はあらかた終わったし、他の蔵人に任せても大丈夫だろう」

「すみません。ありがとうございます」

深く追及せず許してくれた中岡に、宗吾はもう一度深く頭を下げる。

雪は少しずつ、量を増していた。

宗吾は仕込みの期間使っている宿舎に走って、ダウンコートと財布を掴み、喜久泉酒造から急ぎ出た。

伸之からの連絡のあと、どれくらいして山川が宗吾に電話してくれたのかはわからない。だいたい伸之自身が、本当に仙台から連絡していたのかだって不明だ。

だが、もしここに来ているのなら。

舞い散る雪を宗吾は一瞬睨《ね》めつけ、自宅にしている古い一軒家まで車を取りに向かおうと、門から出てすぐに角を曲がった。

「ここら辺でいいかな」

タクシーの運転手が、車を停める。

「あそこの十字路を右に曲がって、五十メートルくらい行くと喜久泉酒造だよ」

「ありがとうございます」

この近くに、澤木が働いている。そう思うだけで、伸之の心臓の鼓動が激しくなった。

料金を払い、伸之はタクシーを降りた。降りる時に、帰りにまたタクシーを呼べるように、電話番号の載った紙をもらった。

降り始めよりも、雪の降り方が強くなっている。

傘など持っていないから、代わりに、コートのフードを被った。雨とは違うから、これでなんとなく防げる気がする。

小走りに十字路まで行き、教えてもらったとおり右に曲がる。

少し先に、大きな建物が見えた。蔵というより、工場のようだ。

たぶん、そこが喜久泉酒造の蔵なのだろうと思えた。

周囲は雪のせいか、閑散としている。もともと伸之の住む町と似たような田舎ぶりで、民家も軒を連ねていない。

田んぼと畑と、点々と見える木立ちと、少しの民家。

冷えた外気のせいで、鼻の頭が真っ赤になっていく。吐き出す息も真っ白だ。

フードの上や、肩に、雪が降り積もる。

けれど、寒いとは感じなかった。それより、澤木の近くに来たという思いのほうが強かった。

喜久泉酒造のある角に立ち、じっと建物を見上げる。この中で、澤木は今頃仕込みをしていることだろう。

「澤木さん……」

雑誌で紹介されるようないい日本酒を、澤木はここで造っている。

そのことが、伸之は嬉しかった。

たとえ――。

たとえ、澤木の姿を見ることができなくても。

そのままじっと、伸之は喜久泉酒造を見上げて、立ち尽くしていた。

降る雪に音まで奪われるのか、静寂があたりを包んでいる。まるで、この世に自分一人しかいないような、そんなしんしんとした静けさだった。

元気でね。

頑張ってね。

そして、誰よりも幸せになってね。

澤木が幸福でいてくれるなら、それが自分の幸せだ、と伸之はごく自然に思えた。

昂ぶっていた感情が、鎮まっていく。

澤木はここで、伸之は伸之の場所で、それぞれに生きていく。

今降っている雪のように、しんしんと生を積み重ねていく。

——来てよかった……。

心から、伸之はそう思えた。澤木が生活する場所を見て、知って、不思議と精神が落ちついてくる。

もう二度とは会えない人の幸福を、心から願うことができた。

——あともう少し……。

バッグから携帯を取り出し、ちらりと時間を確認する。ただ見ているだけで、もう二十分近く時間が過ぎていた。

気温はいっそう冷えてきているのに、寒さは感じなかった。

あともう少し。あと十分だけ、澤木の働く場所を心に焼きつけてから、帰ろう。

十分経ったら、タクシーを呼んで、駅に戻る。

たぶん、もう二度とここには来ない。何度も来なくても、もういい。

心に——。

無意識に、伸之は自分の胸を押さえた。

この胸に、澤木が宿っている。

ふと思いつき、バッグから本を取り出した。読みかけの本から、栞を抜き出す。澤木が最後にくれた檜の栞だった。

ここにも、澤木がいる。

ギュッと両手で、栞を抱きしめた。

大丈夫。

今度こそそう思えた。今度こそ、もう一人で生きていける。澤木だけを思って、生きていける。

澤木がどれだけ特別な人だったのか、きっと誰にもわからない。

今の今まで、伸之にだってわからなかったのだ。

どれだけ、自分にとって澤木が特別な人だったのか。

どれだけ、伸之の心に、伸之自身の中に澤木の存在が根づいていたのか。

こんなふうに、自分に住み着くことができる人は、きっと澤木一人だ。

二十歳になったら、ここの酒を買おう。毎年毎年、喜久泉酒造の酒を買って、味わって、澤木がもし別の蔵元に移ったのなら追いかけて、またそこの酒を買おう。

いい酒を造っている限り、澤木はちゃんと生きているのだとわかる。

だから、伸之もちゃんと地に足をつけて生きていこう。

澤木がいい酒を造り続ける限り。

最後に、網膜に焼きつけるようにじっと喜久泉酒造の建物を見つめて、伸之は踵を返そうとした。

心にぽっかりと空いた寂しさはなにがあろうとも塞ぐことはできないが、その寂しさすらも愛しさに変えて、生きていこうと思えた。

しかし——。

「——伸之様……っっ！」

背を向けた伸之を、大きな声が呼び止める。

懐かしい声。

耳に馴染んだ声。

そんな——。

伸之の足が凍りついた。聞こえるわけがない。ここまで来たからといって、目的の人に会えるのは万にひとつの幸運だけだ。

だって、今頃は仕込みで忙しいはずだ。

だって、蔵の外に偶然出る機会なんてまずありえない。

でも、この声は。

「さ……わき……さ、ん……」

雪を踏みしめ、走る音が近づいてくる。

伸之は振り返るのが怖かった。あんまり澤木を恋しく思っていたから、自分の耳が幻聴を捉えているのではないかとすら思った。

澤木と会えなくても、自分は満足して帰れる。ここで澤木が頑張っていると知るだけで、自分もこの先頑張れる。

そうだとわかったはずなのに、懐かしい声、恋しい気配に身体が凍りついて動かない。

「――伸之様」

ついに、大きな手に肩を掴まれた。この声、この気配、そして、この温度。

「さわ……き、さん……なんで……」

本物だ。本物の澤木だ。声が震えた。

「こんなところにずっといらしたのですか。雪が……こんな積もって……」

肩に、頭に積もった雪を、澤木に払われる。

「どうしてここに……」

両肩を掴んだ澤木が、震える声でそう問いかけてくる。

どうして？　決まっている。

勝手に言葉が、口をついて飛び出す。

「澤木さんに……会いたかったから……」

目に涙が浮かび上がる。寒さではなく、涙で、鼻の頭が赤くなる。

「会いたかったから……せめて、働いている場所だけでも見たかったから……ごめんなさい……ごめんなさい……」

迷惑なのに、ごめんなさい。

気持ち悪いのに、ごめんなさい。

いくつもの意味を込めて、伸之はごめんなさいと呟いた。

ここにいてはいけない。澤木の側にいるのは許してもらえない。

そのことに思い至り、伸之は走り出そうとする。本当に、迷惑をかけるつもりはなかったのだ。

だが、逃げ出そうとした身体を、澤木に強く引き寄せられた。

「さわ……き、さ……ん……？」

温かい身体に、全身を抱きしめられる。なにが起こったのか、伸之は一瞬わからなかった。

背後から澤木の全身が伸之を包み込み、肩に澤木の額が押し当てられている。

抱き竦められている。

信じられなくて、伸之の目が驚愕に見開かれる。どうして今、澤木が自分を抱きしめてくれているのかわからなかった。

「あなたという方は……どうして……」

澤木の呻きが、肩越しに聞こえた。苦悩するような呻きに、また迷惑をかけてしまったと伸之は深い後悔に襲われた。

澤木を苦しめるつもりなどなかったのだ。迷惑をかけるつもりもなかった。

ただ、ほんの少しだけ、一目見るだけ。いいや、その一目だって無理だと思っていた。だから、働いている場所を見られたら、それでいいと思っていた。

それなのに、自分はまた澤木を苦しめている。

「ごめんなさい……ごめんなさい、澤木さん。……だから、もう……放して。もう帰るで、放してくりょ」

「馬鹿こくな。誰が放すけぇ」

「澤木さん……」

押し殺した言い方は、いつもの澤木の丁寧な言い方ではなかった。子供の頃に聞いた、標準語ふうの話し方でもなかった。

澤木が嫌いだと言った田舎の言葉。

「澤木さん、今……」

「放せるわけねぇだら。こんなところまで……くそっ。こんなこと、絶対にするまぁと思ってただに。こんなに冷え切って……おめぇは馬鹿だ。オレも馬鹿だ」

「でも……でも、澤木さん……」

澤木がなにを言おうとしているのか、伸之にはわからなかった。どうして、伸之を抱き竦めているのかも。

けれど、わけがわからないながらも、澤木の手を伸之はギュッと握った。

その拍子に、澤木が栞に気づく。

「持っててくれたのけ?」

「うん。これしか……残せなかったもんで……。あとのは全部、兄さんに捨てられたで」

「そうだな。こんなこと、してはいかんだで……。オレは男で、おんしも男で。絶対に許されんことだで。けど……」

抱きしめる腕が、ひときわ強くなる。切なげな吐息が、伸之の耳朶《じだ》をかすめた。

今なら。

この瞬間なら、一年半前には許されなかった言葉を、口にしても許されるかもしれない。

応えてもらわなくてもいいのだ。報われなくても、受け入れてもらえなくてもかまわない。

ただ心が――。

苦しいほどに、澤木を慕っていた。

「……いかんことだけど……ぼくは澤木さんが……」

言いかけた唇を、一年半前のように澤木に塞がれる。大きな手に唇を塞がれ、伸之はぽろぽろと涙を零した。

やっぱりいけないのだ。言葉にしてはダメなのだ。

だが、そうではなかった。澤木の唇が、耳たぶに触れるほどに近づく。

熱い吐息。

耳元を震わせる声。

「許されんのはオレだ。仲之様……オレの宝物。他に欲しいと思った人間はいねぇ。だから、逃げ出した。あのまま側にいたら、自分がなにをするかわからんかった。けど、こんなに冷たくなって……仲之様」

苦しいほどに抱き竦められる。仲之の身体が震えた。

だって、澤木の囁きが、まるで想いを告げるように聞こえたから。

そして、それは錯覚ではなかった。

「亡くなった旦那様に対しても、許されんことだ。けども……。許してくりょ。もうダメだで。

——仲之様……この世の誰よりも……好きだ。自分自身よりも……」

「ふ……澤木、さん……」

苦しげに告げられた声に、仲之は口を塞ぐ手を引き離し、呆然と澤木の名を呟いた。

澤木の心ごと、耳から全身に注がれたような囁きだった。

身を捩り、仲之は澤木に振り返った。切なげに自分を見下ろす澤木を、仲之も同じくらい切ない気持ちで見上げた。

眼差しと眼差しが絡み合う。

誰に罵《ののし》られてもかまわない。兄にもトヨにも、蔵のみんなにも申し訳なく思う。

けれど、この人が手に入るのなら、たとえ地獄に落ちてもかまわなかった。世界中のすべての人間を敵に回しても後悔しない。

「ぼくも……好き。澤木さんだけ……ずっと好きだったんだに」

「伸之様……」

近づいてくる唇を、伸之は震えながら受け止めた。

柔らかく、そっと触れて離れる。

もう一度、今度は唇をやさしく吸われる。

それからもう一度――。

触れるだけのやさしい口づけを、何度も、何度も、二人は交わした。

真っ白い世界に、人は二人だけしかいない瞬間だった。

§終章

――一ヶ月後。

伸之は再び、仙台に来ていた。大学に無事合格したのだ。

兄に、トヨまでついてきてアパートの準備をし、二人は一泊してから浜松に帰っていく。

いよいよ、一人暮らしの始まりだった。


その夜。

――ピンポーン。

軽快な玄関ホンが鳴り、伸之は跳び上がるように立ち上がる。

いそいそと玄関に向かい、鍵を開けた。

「――澤木さん！」

扉口に、この一ヶ月ずっと会いたかった人が立っている。手には、ケーキの箱となにか入った袋があった。

中に入って、袋を差し出される。

「遅くなったけぇが、合格おめでとう」

「ありがとう。これ？」

仲之は袋を開けた。紙袋の中には携帯型デジタルプレイヤーと栞が入っていた。

「すごい、デジタルプレイヤーだ。それに――これ、澤木さんの手作りけ？」

薄く削った木でできた栞は、全部で五つある。

「仲之様は読書が好きだもんで、何枚かあったほうがいいと思って。そっちは、その、オレとお揃いだで」

「ホントけ？　これ、澤木さんとお揃いのなのけ？」

目を丸くして、仲之はデジタルプレイヤーの箱を抱きしめた。

「ど嬉しい。ありがとう、澤木さん。それに、栞も」

見つめると、澤木が照れくさそうに笑っている。つい吸い寄せられるように、互いに見つめ合ってしまう。

仲之の頬がぽぅっと赤くなった。

互いの気持ちを確認して、ひと月近くが経っている。できたての恋人には、じれったくなるほど長いひと月だった。

というのも、結局あのあと、新幹線の時間もあり、澤木に仙台まで車で送ってもらっただけで、そのまま二人は別れていた。キスと、あとは手をギュッと握り合ったのが最後だ。

それから、伸之に無事合格通知が届き、仙台に行くことが決まったが、澤木とはその間、ひそかにメールと電話のやりとりを重ねるだけで、会うことはまったくできなかった。

だから、再会したのはひと月ぶりだった。

「あ！　あの、ご飯。本を見て、作ってみたに。美味しくないかもしれんけど……」

恥ずかしくて、俯きながらそう言うと、澤木が美味しくないわけがないとでもいう顔で微笑み、伸之にケーキの箱を掲げる。

「じゃあ、これは食後のデザートに」

「うん」

伸之は頷き、いそいそと食卓に案内する。

けれど、ある予感があって、胸がドキドキしていた。

「——澤木さん、お酒は飲むけ？　一応、ビールを買っておいたけど」

「いや、ご飯でいいで。ああ、焼き肉だな」

テーブルの上には、キャベツの千切りの上に焼いた肉を載せた皿が置かれている。それから、煮物とおひたしが少し。

「えと、しょうが焼きだに。あと、豚汁も作ってみたけど」

「美味しそうだ」

どうして澤木はお酒を飲まないのだろう。まだ未成年の伸之を気遣ってくれたのだろうか。

それから、伸之が通う大学のこと、学ぶ学科のこと、澤木の蔵のこと。そんな当たり障りのない会話を交わしながら、夕食を食べた。

肉は少し焼きすぎて堅かったし、千切りもあまり細かいとは言いがたかったし、煮物は少ししょっぱすぎた。

だが、澤木は美味い美味いと言って、食べてくれる。

食事が終わると一緒に片づけをして、お茶を淹れて、ケーキをテーブルに出して。

「あの……澤木さん……その……今日は、泊まっていってもらえる？」

ケーキをフォークでつつきながら、伸之は思い切って気になっていたことを訊ねてみる。

ずっと恋していた人と想いを確かめ合ったきりで、ひと月近くも離れていたのだ。せっかく再会できたのだから、一晩中でも一緒にいたかった。

それに——。

うっすらと頬を、項を赤く染める伸之に、澤木が一瞬押し黙る。フォークを持った手が、緊張したように見えた。

望みすぎたのだろうか。澤木には仕事があるのに、わがままだったかもしれない。

伸之は慌てて、ごめんなさいと言おうとした。

だが、そう口にするよりも少しだけ早く、澤木がフォークを置き、伸之の手をそっと握ってきた。

「泊まってもいいのけ？　側にいられたら、オレも嬉しい。近くにいられるだけで……いい」

添い寝するだけでなにもする気はない、とその目は言っているようだった。

「近くに……いるだけ？」

胸がドキドキした。自分がなにを言っているのか、伸之は内心で慌てていた。自分がなにを望んでいるのか、わかるような、わからないような。怖いような、怖くないような。そんな不思議な、浮き立つような気持ちだった。

でも、ただ側にいるだけではなんだか気持ちが治まらない。

そういえば、ひと月ぶりの再会なのに、まだキスもしていない。

キスしたいと思うのは、変なのだろうか。

「澤木さん……」

ふっと、澤木と伸之の眼差しが絡み合った。

見つめ合った眼差しが逸らせない。それどころか、伸之は思わず目を閉じてしまう。

吐息が頬に触れた気がした。

「……ぁ」

小さな驚きの声すら呑み込まれるように、澤木に唇を塞がれる。

澤木の唇で。

「ん……」

チュッと唇が押し当てられ、離れて、また唇が触れる。

柔らかく吸われるのは、前回と同じだった。あれが初めてのキス。今度のが二回目のキス。

そっと、舌先で唇を舐められた。

思わず、伸之の唇がゆるむ。すると、ゆるんだ隙間から澤木の舌が入り込んでくる。

「……んっ」

びっくりして、伸之は目を開ける。けれど、大きな手で頬から顎を撫でられ、また目を閉じてしまう。

「ん……んぅ……ふ……」

澤木の舌は、やさしく伸之の口内を這っていく。押し当てられて、舐められて、そっと舌に触れてくる。

巻き取るように舌を舐め取られて、伸之の背筋がゾクリとした。舌と一緒に唇を吸われる。

「ん、んん……んぅ、っ」

チュッ、チュッと澤木がキスの角度を変えるたびに、唇を吸う水音が上がる。

口の中いっぱいを澤木の舌に蹂躙《じゅうりん》されていて、キスというより、澤木に口の中から食べられてしまっているような気が、伸之はした。

頭の芯が痺れたようになり、身体の内側からなにかジンとしたものが広がってくる。

——これ……なに……？

澤木の与えてくるものに、伸之は夢中になる。なにか、口の中の粘膜を通じて、澤木とより深く繋がっているような気がした。

ようやく、澤木が離れた時には、伸之の呼吸はすっかり上がっていた。

上気した頬、唇の端が唾液で濡れている。

そこに、澤木がまた唇を押し当ててくる。

「すみません……伸之様……」

そう言いながら、どちらのものとも知れない唾液で濡れた伸之の唇を、顎を舐めてくる。

澤木も、なにかの衝動をこらえられないようだった。

伸之も、やめてもらいたくない。

唇が離れて、伸之は縋るように澤木を見上げる。

「本当に……添い寝だけ？」

「伸之様……」

こらえなくてはとでもいうように、澤木が拳を握りしめている。けれど、熱い眼差しが、伸之を求めていた。

「様なんて……もう呼ばないで。伸之って……」

「いけません。やはり……」

なんとか、澤木は伸之から視線を引き剥がそうとする。

その頬に、伸之はとっさに手を伸ばした。両頬を持って、自分を見つめさせる。

恋した人のすべてを欲しいと思うのは、いけないことだろうか。好きと言って、手を繋いでいれば満足できる小学生の頃とは、もう違う。

人より衝動は少なかったが、伸之だって欲望を知る雄なのだ。

想いを確かめ合ってからのひと月は、長すぎた。なにをどうするのか、全部わかっているわけではない。けれど、すべてを澤木のものにしてほしい。もう待つのはいやだった。

「――今夜全部、澤木さんのものにして。澤木さんが好き……」

「伸之様……」

澤木の拳が、白くなるほどにきつく握られる。澤木の葛藤が、伸之には手に取るようにわかった。

だから、言葉が飛び出た。

「世界中のすべての人がダメだと言っても、地獄に落ちても、ぼくは澤木さんが好き。澤木さんが欲しい。兄さんだって、トヨだって、みんなを泣かしても、澤木さんだけが欲しいんだ。いけないことだけど……許されなくったって……澤木さんが好き。しょんないんだよ。だって、好きな気持ちは止まらんのだもん」

「伸之様……」

じっと、澤木が伸之を見つめている。苦しげで、切なげで、けれど、最後に微笑んでくれる。

「――しょんないですね。オレも伸之様が……おんしが好きだで」

「うん……」

もう一度、唇が近づく。互いに引き合うように、唇と唇が触れ合った。

正しいとか、正しくないとか、もういい。

今ここにある互いの気持ちだけが、二人にとっての真実だった。

それ以外、他にはなにも必要なかった。


唇を啄《ついば》む音だけが、薄ぼんやりした室内に響いていた。

それから、衣擦れの音。

ベッドサイドの灯りだけが、室内を薄暗く照らしている。

互いに服を脱いで、脱がせ合いしながら、二人はベッドに倒れ込んだ。

「狭くないけ……?」

一応、ベッドから落ちないように兄が心配し、セミダブルの大きさになっている。

伸之にはこれで十分だが、大柄な澤木には狭いかもしれない。

伸之の上に覆い被さるようにベッドに上がってきた澤木は、いいえと首を振った。

「大丈夫。伸之さ……その……」

言いにくそうに口ごもり、澤木はそっと口を開く。

「重くはないですか、その……」

「大丈夫。だって、澤木さん、ぼくに体重を乗せてるわけじゃないら?」

緊張をごまかそうと、仲之は笑って言った。

と、澤木がおずおずと仲之の頬に手を這わせる。愛しげに、仲之を見下ろしてきた。

「……宗吾です。オレも様をつけないようにするんで、仲之さ……いえ、仲之もオレを名前で呼んでほしい」

「名前……ぁ」

仲之の頬がぽっと染まる。

「仲之……」

澤木が囁き、仲之の唇を親指でそっと辿る。

仲之の呼吸が苦しくなった。

けれど、目の前にいるのは、仲之の大好きな人だった。

そっと、唇が開く。

「……そ……宗吾……さん」

「呼び捨てにはしてくれないのけ?」

微笑みながら、澤木が――いや、宗吾が訊いてくる。ずっと恋し続けた、仲之の愛しい人だった。

「……宗吾」

「伸之……」

もう一度、今度は手を伸ばして宗吾に呼びかける。

「……宗吾」

宗吾は嬉しそうに微笑んで、また応えてくれる。

「伸之、オレには生涯、伸之一人だで」

「……うん」

チュッと口づけられた。すぐに、口中に宗吾の舌が入ってくる。

熱い宗吾の舌に、伸之もおずおずと舌先を伸ばした。触れたいと思った。

「……んっ」

深く、舌と舌を絡ませながら、口づける。

口づけながら、宗吾の掌が、伸之の首筋、肩、胸に滑り落ちた。なだめるように、胸に掌が這う。

「ん……ん、ふ……んっ」

掌で覆われて初めて、伸之は自分の胸先が硬くなっているのに気がついた。

凝った胸先を、宗吾の掌が押し潰すように撫でる。そのうち、やさしく抓まれた。

「……あっ」

いつの間にか唇が離れていて、伸之は高い声を上げてしまう。

「やだ……ぼく……」

恥ずかしくて、伸之は掌で口を覆った。そうしていないと、とんでもない声が出てしまいそうだった。

「大丈夫だで。感じてくれて……嬉しい」

「あっ……んんっ」

囁きのすぐあと、澤木の唇が胸に落ちる。

チュッ、と胸の凝を吸われて、伸之は驚いた。おまけに、吸われると胸がじんじんとして、そこから熱い疼《うず》きが全身に広がっていく。

恥ずかしい熱が下肢に集まっていくのも、伸之は感じ取っていた。

感じている――。

これがそういうことだと、伸之にもわかった。だが、恥ずかしい。

けれど、恥ずかしいのはそれだけではなかった。

宗吾の手が、伸之の腿に触れてくる。内股を開かせるように、掌でそっと撫でられた。

伸之は慌てた。なぜなら、伸之のそこは、キスと胸への愛撫でまったく恥ずかしい状態になっていたからだ。

「さ、澤木さん……っ」

伸之は上体を起こして、宗吾を止めようとする。

と、宗吾が甘えるような上目遣いで、伸之を見つめてきた。

「宗吾、だら？　――伸之、触らせて？」

「でも……そんなところ……」

宗吾が『そこ』と言った部分を見下ろすと、半ば硬くなって勃ち上がっている。

恥ずかしくて、伸之は両手で顔を覆った。

その手を、宗吾にやさしく握られる。

「伸之……伸之、見ろ。伸之だけじゃない」

「……え」

そっと、両手をはずされる。そして、視線で視線を誘導された。

「……ぁ」

伸之から思わず、熱ぼったい声が洩れた。

誘導された眼差しの先で、宗吾の雄芯が硬くなっていた。

「澤……宗吾、のも……」

「そんなに見られると、やっぱり恥ずかしいな。でも、同じだら？」

導かれるように手を引かれ、宗吾の雄芯に触れさせられる。

触れると熱くて、やけどをしたように、伸之は驚いて手を引いた。

しかし、励ますように見つめてくれる宗吾の導きで、おずおずと手が動く。

「……ん」

キュッと、伸之は宗吾の雄芯を掌に納めた。宗吾から、低い呻きが上がる。

感じているのだ。

そう思ったとたん、伸之の身体の奥からも熱が込み上げてきた。それはまぎれもない欲情だった。

「あ……っ」

宗吾の手も伸び、伸之の雄を握ってくる。

伸之の肩がビクンと跳ね、握られた花芯がヒクリと硬度を増す。

「同じ。……だら、伸之」

「……うん。おんなじ」

互いに互いのものを握り合ったまま、伸之は宗吾に肩を抱かれる。

宗吾の体温、宗吾の吐息。

耳朶に触れるように、宗吾が訊いてくる。

「擦っても、いいけ?」

伸之の耳朶が真っ赤に染まる。項も、頬も、それから、身体中が一気に燃え上がるように熱くなった。

恥ずかしい。でも――。

宗吾は伸之を愛してくれて、伸之も宗吾を愛していた。

だから。

「……………うん」

伸之は、小さく頷いた。

チュッとこめかみにキスをされる。そして、宗吾の手が動き始めた。

「あっ……ぁ、ぁ、ぁ……んんっ」

宗吾が、伸之の性器を扱《しご》いている。それまでも熱いと思っていた身体が、さらに熱を上昇させる。

ビクン、ビクンと下肢が跳ね、頭がのぼせてしまいそうだ。

伸之が声を上げるたびに、握っている宗吾の雄芯が質量を増す。硬く、逞《たくま》しく、成長していく。

伸之は自分ばかりが変な声を上げさせられて恥ずかしいと思ったが、それで宗吾が感じてくれているなら、恥ずかしくてもいいと思えてくる。

自分で、宗吾も興奮してくれるのだ。男の身体でも、宗吾は伸之を好きでいてくれる。

伸之だって、宗吾でありさえすれば、男でも女でも関係なかった。

他の誰にも、こんな気持ちになりはしない。宗吾のものだから、同じ男のものに触れられるのだ。

「宗吾……も……あぁ」

息を喘がせ、伸之は宗吾を見上げた。不器用にそっと、握った掌を動かしてみる。

とたんに、さっきよりももっと宗吾の雄芯がぐぅうっと成長する。

「伸之……んっ……いい」

耐えるような宗吾の声に、伸之も情動をあおられる。相手が感じてくれるだけで、自分も熱くなってしまう。

宗吾もそうだ。

きっと、相手が好きだから。だから、相手の反応にも感じてしまうのだ。

「好き……宗吾さ……好き」

「オレもだ。伸之だけ……。おまえ以外、なにもいらない」

「あっ……――あぁぁっ！」

肩を強く抱かれ、愛しげに花芯を扱かれ、伸之は達してしまう。伸之を求める囁きだけで、どうしようもなく身体が淫《みだ》らに反応してしまう。

けれど、恥ずかしいというより、悦《よろこ》びのほうをはるかに強く感じた。宗吾の手でイってしまったというのに、もっと宗吾にくっついていたいと感じる。

熱のこもった伸之の眼差しに、宗吾の喉仏がゴクリと動くのが見えた。

一瞬、苦しげな色が、宗吾の眼差しに混ざる。絡み合った眼差しで、伸之にはそれが罪の意識だとわかった。伸之だって感じているからだ。

男同士で、人に知れれば絶対に反対されて。兄に知られたら、きっと引き剥がされるだろう。

唯一、山川だけが二人の関係に気づいている節があったが、ありがたいことになにも言ってこない。認めてくれているのかどうかはわからないが、見て見ぬふりをしてくれているのは確かだった。

だが、他の人ではそうはいかない。ばれれば、大学だってきっと辞めさせられる。

ここは、宗吾の居場所にあまりに近かった。

宗吾はもしかしたら、大人の責任を感じているのかもしれない。伸之を誤った道に引きずり込んだと、己を責めているかもしれない。

だが、それは違う。むしろ、引きずり込んだのは伸之のほうだ。宗吾はちゃんと、分別をつけて離れてくれた。追いかけたのは、伸之だ。

だから、責任なんて感じないでほしい。

伸之は伸び上がり、宗吾にそっと口づけた。羽根のように唇を押し当て、離れる。

「——ぼくが、選んだんだ。もし、これがいけないことで、あとで地獄に落ちるとしても、正しいことをして二人別々に天国に行くより、ぼくは宗吾と一緒に地獄に落ちたい。だから……あっ」

宗吾が、たまりかねたように伸之を強く抱きしめた。強く、強く、伸之を抱き竦める。

呻くようなため息が肩にかかった。

「……罪は、オレ一人のものだ」

「違うに。喜びも、悲しみも、なにもかも宗吾と一緒なんだから、罪だって二人で抱いていくんだに。宗吾が好きだから……」

宗吾の肩に縋りつき、伸之は一心に愛しい人を見つめた。ちょうどひと回り、十二歳も年が離れているからといって、宗吾を想う気持ちが劣るわけではない。

大人であろうと、子供であろうと、誰かを恋うる気持ちに変わりはない。

男同士である限り、二人の関係は人には認められないものだろうが、気持ちをごまかして生きることはできない。

ましてや、愛した相手が同じように自分を愛してくれるなら、どんな罪を与えられても本望だった。

罪があるとしたら、その罪だって二人で共有する。どちらか一人が悪いのではない。

フッと、宗吾が唇の端を上げた。笑みに似た、それよりも深い、泣きたくなるほどやさしい表情だった。

「まるで結婚の誓いだな。病める時も、健やかなる時も、富める時も、貧しき時も——」

「違うよ。死んでも、ぼくは宗吾を放さない。地獄の底まで一緒だに」

伸之も微笑んだ。泣き笑うような笑みだったかもしれない。

けれど今、自分は宗吾と結ばれる瞬間を迎えている気がした。心がまるごと、宗吾と混じり合おうとしている。

「ああ、地獄の底まで一緒だで」

宗吾が頷く。愛と罪と、喜びと悲しみと、これから起こるすべてが二人のものだった。

誰を傷つけてでも手に入れたかったもの。

抱きしめられ、伸之は静かにベッドに押し倒された。そっと膝を立てさせられ、応じるように、伸之も足を開く。

「……少し、傷つけてしまうかもしれない」

「平気。宗吾が……欲しい」

「ああ。オレも……伸之が欲しい」

「……んっ」

深い口づけが降りてくる。キスをしながら、さっき達した花芯を宗吾が軽く扱く。

伸之を感じさせるためではない。指に、伸之が吐き出した蜜をつけるためだ。

「んん……っ、ふ」

濡れた指がそろそろと性器を伝い、後孔に下りていく。まだ硬い蕾に、宗吾が蜜を塗り込めていく。

それから、そっと指先が——。

「……ぁっ」

ゆっくりながら入ろうとする指に、伸之は身を強張らせる。ひどい違和感に襲われていた。

「……伸之」

宗吾の心配そうな声。

と、身体の上から宗吾の気配が遠のく。まさか、やめてしまうというのではないだろうか。

伸之はやめないでと言おうと、上体を起こしかけた。

しかし、その目が見開かれる。

「そ、宗吾……！　あぁっ」

性器を宗吾の舌に舐められ、伸之はがくりとベッドに崩れ落ちた。

さらに舐めやすいようにするためか、両足を恥ずかしいほどに広げられる。

花芯に口づける音、舐める水音、そして、快感にゆるんだ後孔に指が侵入していく感触。

「あ……あ……あ……んぁ、っ」

性器を舐められながら、後孔を指で広げられる。あまりの恥ずかしさに、伸之は両手で顔を覆ってしまう。けれど、抵抗はしない。

「んん……ぁ……ぁ、ん……ふ」

後孔が緊張すると、前を淫らに舐められる。再び性器が硬くなり、先端から蜜が滲んでくる。

チュッと啜られながら、ゆったりと後ろを広げられる。

気がつくと、宗吾の指が増えている。二本の指が、何度も伸之の身体の中を行き来する。

やがて、唇も指も、下肢から離れた。

起き上がった宗吾が、涙の跡にたくさんのキスを落とす。

恥ずかしいのと、感じてしまったのとで、伸之の顔は涙で濡れていた。

「宗吾……」

「……伸之」

宗吾にきつく抱きしめられた。下肢に、宗吾の雄が当たる。熱く、猛々しい雄だった。

宗吾が泣きそうな、けれど、伸之を求める欲情に濡れた眼差しで、伸之を見つめる。

言葉は、二人の間には必要なかった。

「……ぁ」

両足を限界まで押し広げられる。指で解された後孔に、愛しい人の充溢が押し当てられた。

そして——。

「あ……あぁ、あ、あ、あ……んん、ぁ」

ついに、二人の身体が結ばれる。

広げられる痛み、苦しさ、熱、質量。

すべてが、伸之の愛した宗吾のものだった。

「く……っ」

宗吾の呻き声に、伸之はギュッと瞑《つぶ》っていた眼差しを開ける。伸之の上で、宗吾が苦しげに眉をひそめていた。

しかし、伸之を穿《うが》つ動きはやさしい。伸之の身体を痛めないよう、宗吾が加減してくれているのだとわかった。

とたんに、伸之の身体がしどけなくゆるんだ。

伸之の変化を感じ取り、宗吾が伸之を見下ろす。

「伸之……」

「大……丈夫……んっ」

もっと宗吾を楽にしてやりたくて、伸之は本能的に自身の性器に手を伸ばした。快感を感じ取れば、きっと宗吾を銜《くわ》えようとしている後孔ももっとゆるむ。

だが、その手を宗吾に阻《はば》まれた。

「オレが……」

「……あ、ん」

宗吾が伸之の花芯を握る。握って扱き、時折先端を指の腹で撫でる。

ずくり、と伸之の身体が蕩《とろ》ける。と、最後の一突きが身体の奥まで入ってきた。

「全……部……」

「ああ……入った」

一旦、性器から手を放し、宗吾が伸之を抱きしめる。伸之も、宗吾にしがみついた。

愛しげに、額に、頬に口づけられる。

身体の奥深くで、宗吾が脈打つのがわかった。今、自分たちはひとつになっているのだ。

「嬉し……い……。宗吾……好き……」

「オレもだ。……亡くなった旦那様に叱られるな。だが……放せない。愛してる、伸之」

苦しげに、けれど、愛しげに告げられる。

罪と喜びは、二人の間に常に立ちはだかるだろう。けれど、それでも互いの手を放すことなどできなかった。

「愛してる……宗吾……んっ」

動かないままに、伸之の中で宗吾がドクリと膨《ふく》れる。

「動いて……。もっと……宗吾、感じたい」

感じているのは、快感より痛みだ。だが、心が宗吾を求めていた。もっと宗吾と繋がり合いたかった。

「馬鹿。……だが、少しだけ……許してくれ」

「いいから……動いて……あぁ、っ」

ゆっくりと、宗吾が動き始める。中を抉《えぐ》られて、伸之の眉が苦しげにひそめられる。

それをなだめるように、宗吾の手が伸之の花芯を握る。

やさしく扱かれて、伸之の声に甘さが混じり出す。

「あ……あ……あ……んんっ、宗吾」

痛みは消えていない。快感だけではない。

しかし、ほどなくして伸之の性器から蜜が迸《ほとばし》る。なぜなら、身体の奥深くで、宗吾が性器を弾けさせたからだ。

「……伸之、んんっ」

「あぁぁ——……っっ！」

全身が硬直し、束の間、頭の中が真っ白になる。

身の内に注がれる宗吾の熱い体液、自身が吐き出した蜜液に、伸之は全身が弛緩するのを感じた。

身体の内側から、宗吾のものになったと感じる。

「はぁ……はぁ……はぁ……んっく」

気がつくと、涙が溢れていた。

それに、宗吾もすぐに気がつく。

「い、痛かったか？　すまない。すぐに……」

「いやだ」

慌てて雄芯を抜き出そうとする宗吾に、伸之は抱きついた。そうではない。苦痛の涙ではない。

「もう少し、このまま……」

「伸之？」

ギュッとしがみついたままでいると、伸之の思いが宗吾にもわかったのだろう。

繋がったまま、やさしく抱きしめ返してくる。

幸せだった。もう二度と宗吾には会えないと思った時もあったからよけいに、こうして一緒になれたことが嬉しかった。

まだまだ、この先には困難がたくさんある。

いつまで兄たちに黙っていられるかとか、いつかはわかってもらえるかなど、いろいろあった。

けれど、互いの気持ちだけは離れない。そう確信できた。

「——ずっと、一緒にいるから……」

決意を込めて、伸之は囁く。すぐに、宗吾の腕が強くなる。

「放さない。二人で一緒に歩いて行こう」

なにがあっても、共に乗り越えていける。

伸之から、満足の吐息が零れ落ちる。

その髪を撫でながら、宗吾の笑みが深まった。

捕まったのは宗吾なのか、それとも、伸之なのか。

いいや、互いに互いを捕まえたのだ。

腕の中の安らぎを抱きしめ、宗吾は目を閉じた。伸之こそが、宗吾の居場所だった。愛する居場所だった。

終わり

あとがき

初めまして&こんにちは、いとう由貴《ゆき》です。えー、久々の純情可憐なお話でしたが、いかがでしたでしょうか。

最初は、ここまで純情な話にする予定ではなかったのですが、書き始めてみたらなかなかくっついてくれない二人になってしまいまして、結局、ワタクシにしてはえらくお淑《しと》やかな話になってしまいました。

う〜ん、二人とも理性が利き過ぎたのでしょうか。

この落とし前は、このあと出させていただきます兄編でつけさせていただきます！　ええ、弟の不始末は、兄が身体で払うということで！

そしてそして、今回はもうひとつの試みとして、ちょっと方言を出してみました。方言といえば、大阪《おおさか》、京都《きょうと》、あとは九州《きゅうしゅう》方面、東北方面などもよく見かけることと思います。でも！　遠州《えんしゅう》弁って、あんまり使ってもらえない……。その昔、『101回目のプロポーズ』というドラマでヒロインが浜松《はままつ》出身という設定だったのですが、田舎の両親との電話でも遠州弁はまったく出ず、遠州人としてはちょっと寂しかったイトウなのであります。

そこで、今回は遠州弁をちょこっと使ってみました。文字に起こすとこんなに田舎臭い言葉だったんだ～とちょっとビックリしたのは内緒です。

ということで、今回いろいろとお世話に＆ご迷惑をおかけしてしまいました高座朗《たかくらろう》先生。可愛い伸之《のぶゆき》と、朴訥《ぼくとつ》な雰囲気がステキな澤木《さわき》を描いてくださり、ありがとうございました。雪のシーンのラフなどはもうドキドキしてしまい、完成画を見るのが楽しみで楽しみでしかたありません。本当にありがとうございました。

そして、いつものごとくご迷惑をおかけしっぱなしの担当様。もう何度言ったことでしょうか。早く真人間になれるように頑張りたいです。すみません……。

そしてそして、最後になりましたが、このお話を読んでくださった皆様。少しでも楽しく読んでいただけたら、とても嬉しいです。ありがとうございました！

また次作、エロチック兄編でもお会いできるといいな～と願っております。

いとう由貴

CROSSNOVELS好評配信中！

携帯電話でもクロスノベルスが読める。電子書籍好評配信中!!
いつでもどこでも、気軽にお楽しみください♪

QRコードで簡単アクセス！

春暁

いとう由貴

ひらひらと降り積もる、恋の欠片

十歳になった日、広瀬家跡取り・秋信の愛人として囲われた深。鎖に繋がれ監禁陵辱される日々に少しずつ壊れてゆく深を支えていたのは、秋信の弟・隆信との優しい思い出だけだった。だが十六年後、隆信は逞しく成長して現れた──肉欲に溺れ母を死に追いやった兄と、深に復讐する為に。彼は兄から深を奪い、夜ごと憎しみをぶつけるように蹂躙した。身体は手酷く抱かれながらも、深の心は少年だった頃の隆信の記憶に縋ってしまい……。

illust あさとえいり

雪花の契り

秋山みち花

裏切りの代償は、その身体だ。

「帰ってきたよ──おまえに復讐するために」
花房伯爵家の跡取り・薫の前に現れたのは、かつての親友であり、忘れられない男・桂木だった。学生時代、薫の父の商略により桂木家は破産。全てを失い単身アメリカへ留学する彼を、薫は物陰から見つめるしかなかった。八年後、艶めく容姿の薫とは対照的に精悍な風貌となって男は戻ってきた──瞳に憎悪の光を宿して。複雑な想いを胸に秘めた薫は、憎しみをぶつけるような口づけに翻弄され!?

illust 北畠あけ乃

極道の犬

秋山みち花

一生おれのそばにいる覚悟はあるか？

「俺の身体は、おまえのものだ」
若くして組を継いだ怜史の傍らに常に侍る男・門倉。犬のように忠実に仕える男と怜史の関係が対等になるのは、ベッドの中だけだった。沈着な男の、骨まで喰らいつくそうとするかのような愛撫に乱れながらも、怜史にとってこのセックスは、門倉の忠節に対する餌でしかなかった。しかし、組長継承に異を唱える輩に怜史が命を狙われた時、初めて犬は命令に背いた。自分を護るために──!?

illust ヤマダサクラコ

CROSS NOVELS **MOBILE**

水の記憶

剛しいら

illust **雪舟薫**

心と一緒に体も開いて…

美貌の臨床心理士・如月東栄は、事故で兄と友人を亡くした佐々木洸太のことを、今も弟のように気遣っている。一方、恋愛感情に疎い如月を長年想い続けていた佐々木は、二人の関係を進展させようと、就職を機に同居を持ちかけた。ストレートに注がれる佐々木の愛情に、少しずつ「恋」を理解していく如月。10年越しの恋は穏やかに進行していくように思えたが…。

炎の記憶

剛しいら

illust **雪舟薫**

ゆっくりと恋をしよう

児童専門の臨床心理士・如月東栄は10歳年下の恋人・佐々木洸太と暮らしている。同居して1ヶ月、初めての恋に戸惑う如月は、佐々木の求愛に応えるのが精一杯で、自分から求めることが出来ずにいた。些細なすれ違いが、甘いはずの蜜月に小さな亀裂を生じさせるが…。悩みながらも熟していく二人の関係。待望の続編登場！

緑の記憶

剛しいら

illust **北村小梅**

君に包まれてると、ほっとする。

「私は――君が大人になるのを待ってたんだ」
美貌の臨床心理士・如月東栄は、10歳年下の恋人・佐々木洸太に愛され、平和であたたかな同居生活を送っていた。仕事に関しては天才的だが、生活に必要な能力は悉く欠如している如月をさりげなく支える佐々木。恋することに不器用だった如月も彼に応え、ふたりの関係は着実に深まっていた。しかし、そんな彼らの前に、ひとりの心に傷を抱えた少年が少年が現れて――!?

CROSS NOVELSをお買い上げいただき
ありがとうございます。
この本を読んだご意見・ご感想をお寄せください。
〒110-8625
東京都台東区東上野2-8-7　笠倉出版社
CROSS NOVELS 編集部
「いとう由貴先生」係／「高座　朗先生」係

CROSS NOVELS

ただ一度の恋のために

著者

いとう由貴

2009年10月23日　初版発行　検印廃止

発行者　笠倉嗣仁
発行所　株式会社　笠倉出版社
〒110-8625　東京都台東区東上野2-8-7　笠倉ビル
[営業]TEL　03-3847-1155
FAX　03-3847-1154
[編集]TEL　03-5828-1234
FAX　03-5828-8666
http://www.kasakura.co.jp/
振替口座　00130-9-75686
印刷　株式会社　光邦
装丁　磯部亜希
ISBN　978-4-7730-9973-7
Printed in Japan